庫 SF

スター・トレジャー
秘宝の守護者

L・マイケル・ハラー
嶋田洋一訳

早川書房

7194

STARZAN

by

L. Michael Haller

Translated by
Yooichi Shimada
First published 2013 in Japan by
HAYAKAWA PUBLISHING, INC.
This book is published in Japan by
direct arrangement with
L. MICHAEL HALLER.

目次

深宇宙——貨物回廊—— 7

ナレーター 9

1 グレイの接触《タッチ・オヴ・グレイ》 11

2 状況の聖者《セイント・オヴ・サーカムスタンス》 25

3 虚脱した宮殿《ブロークダウン・パレス》 46

ナレーター 68

4 悲運のオオカミ《ダイア・ウルフ》 70

5 強奪の街路《シェイクダウン・ストリート》 89

6 異邦人の気分《フィール・ライク・ア・ストレンジャー》 102

7 押してもだめなら突いてみる《ウェン・プッシュ・カムズ・トゥ・シャヴ》 116

8 輪はとぎれていないか《ウィル・ザ・サークル・ビー・アンブロークン》 141

9 逃げ隠れ《ハイド・アウェイ》 164

10 働く男は死んだ《ワーキング・マンズ・デッド》 179

11 頭蓋骨と薔薇 スカル・アンド・ローズイズ 188
12 バケツの中の地獄 ヘル・イン・ア・バケット 200
13 救いはそこまで ヘルプ・オン・ザ・ウェイ 206
14 石を投げる スローイング・ストーンズ 212
15 アラバマ脱出 アラバマ・ゲッタウェイ 226
16 テラピン・ステーション 244
17 愚かな心 フーリッシュ・ハート 256
18 西LAの衰弱 ウェスト・LA・フェイドアウェイ 263
19 計算 レコニング 274
20 ここに陽光が ヒア・カムズ・サンシャイン 288
21 アオクソモクソア 296
22 ジョンおじさんのバンド アンクル・ジョンズ・バンド 304
23 長くもつ造り ビルト・トゥ・ラスト 313

訳者あとがき 315

スター・トレジャー

秘宝の守護者

深宇宙——貨物回廊——

はるか彼方で、齢《よわい》数千歳の小惑星が、今まさにキャッツアイ星雲に突入した。そこに生じた粒子の雲は宇宙の広がりを背景に、鮮やかな赤みがかったオレンジ色を呈した。

巨大な資源運搬船のコクピットでは、肉眼で見ることなどめったにできない大スペクタクルに船員たちの目は釘づけだった。反射能《アルベド》（原註　入射光と反射光の比率）フィルターが舷窓にかかり、宇宙の闇に対抗して実際の色を処理する。すでに排障《デブリ》フィールドが全方位で揺らめきはじめていた。

「どかーん！」上級浚渫員が叫ぶ。

「どかーんだ、ケツ野郎」境界内映像監視員がプロセスハム・サンドイッチを呑み下しながら答えた。「不明機は右舷に消えかけてるが、見にいくか？　どうする？」

「接触もなし、応答もなし。内破でこっちの信号も乱れてきてる」下着姿で音声探知機の前に座った音響監視員が確認する。

「もう一度映像をくれ」船長が言った。

ブリッジのホログラム投影機が起動し、通過するガスのかたまりを背景にした物体の輪郭を拡大する。いつ、どこのものとも知れない輸送船だが、古すぎて分類できない。よくある深宇宙の遺物かもしれないが、船尾噴射管からは燃料電池の排ガスがときおりたなびいていた。

イメージャーが余剰データの整理を進めるうちにも、輸送船はさらに接近してきた。

「ピンクだ！」浚渫員が声を上げる。「なんと、ピンクのバスだぜ！　貨物航路からも離れたこんなところに、どうして？　マークがあるじゃないか！　頼むぜ、船長」

「あんな古い船がワープ波動を生き延びてこの次元に到達できたとは思えないな」航法士がつぶやいた。「超ひも航法時代のやつだぞ！」

そのとき、小惑星の衝突が引き起こした最初の衝撃が輸送船を揺らした。

「自分たちのケツの心配をしたほうがよさそうだ」船長がうめく。「救難信号が出てないなら、小惑星の破片が降り注いでくる前に離脱しないとな。船を発見したことだけ記録して、ここから逃げ出すぞ！」

巨大貨物船はゆっくりと嵐から離れていき、孤独な輸送船がどこに行くのかを知っているのはシヴァ神だけだった。

ナレーター

本書を手に取ってくれて感謝する。このVブックは支配語版の原典を古典英語に翻訳したもので、原典以上に熱中できる仕上がりとなっている。知ってのとおり、支配語は言語カルテルが地球の主要言語だった中国語と英語を融合して新たに作り上げたものだが、その過程で、元の言語が持っていた風味のようなものはかなりの部分が失われてしまった。カルテルの狙いは円滑なビジネスと富にあり、人間の創造性や文化の香りといったものは眼中になかったからだ。

物語に入る前に（こういう蛇足は最小限にすると約束しよう）、みなさんの案内人兼ナレーターとして、〈大奪取〉の歴史に詳しくないかたがたのため、背景状況を説明しておきたい。これは国家や民族や文化といった系譜がすっかり消え去ったあとに取り残された、みなさんに似た人々の物語だ。

ナショナリズムが衰退し、誰もが評議会の金権主義に忠誠を誓うようになると、労働して消費するという従来の目的にほとんど奉仕してこなかった者たちは、この新たな忠誠対象とできるところでだけ接触するようになった。この現代の反体制カルトは錬金術やエルヴィス信仰、ボディアートやヨガといった、きわめて異質な概念を中心としていた。古い神の概念がふたたび脚光を浴びるようになった。とくにギリシャやヒンドゥの神々が。

カルテル議会から、さらには太陽系内で自分たちの職を守ろうとするその手下どもからも目の敵にされるようになると、こうしたカルトはさっさと星間空間に出ていった。コーポレート主義者たちは彼らが去っていくのを喜んで見送った。

1　グレイの接触《タッチ・オヴ・グレイ》

詩的な星間空間で、ピンクの船は実に場違いに見えた。銀河ライセンス番号と船名——IGC5924〈フィルモア〉、新地球3の登録とわかる——は、スプレー缶塗料ででも書いたように、かなり薄くなっている。宇宙空間で十年保証のはずのマークもすっかり消えかけていたが、カウンターカルチャーの香りはまだ残っていた——飾り書体の端々にカラフルな色の残滓が見える。実際のところ、ポンコツ船をかろうじてひとつにまとめているのは、その大昔の塗装だけではないかと思えた。そこに小惑星衝突の衝撃波が近づいている。（まずい）

その船内の共用モジュールでは七十五名ほどの乗員が、強まる乱流に船が反応しはじめたのに気づき、緊急ハーネスで身体を固定しようとしていた。男たちはほとんどがくくり染めの普段着姿、女たちはフラワー・パワー模様のアーリー・アメリカンふうの麻の服だ。TEACのスピーカーからボブ・ウェアのアルバム《ACE》の曲のメロディが流れている。レコードは雑音がひどかった。

室内の大半は古めかしい観測パネルが占めている。最新型と違って、何の拡張機能もない裸眼で宇宙空間を見るための舷窓でしかない。そこから見える宇宙ショーは華やかだが、少々どころではなく不気味だった。炎の嵐が不安なほどの速度で迫ってくるのだ。

「モーガン、こっちに来な――早く！」シスターの一人が叫んだ。ぼさぼさの髪を長く伸ばした十代の少年とその相棒が、無重力の中を漂ってくる。「さっさと重力サンダルを履いて、ハーネスを締めないか！」

「わかった、わかったよ。かりかりすんなって……」

ホッピング・ボードの上から相手を突き落とす遊びをしていた少年二人は、耐衝撃ポッドにもぐりこんだ。

「音楽は小さくしとくんだよ。ちゃんと船内放送が聞こえるようにね」

苛立っている継母ががみがみいう。

シスター・モードがバスケットいっぱいの名高いブラウニー――ストレス・レベルを下げ、みんなの食欲を増進する――を配ってまわる。そのときインターカムから声が流れた。

「ファミリー全員、ハーネス装着！　今度の衝撃は大きそうだ」

〈フィルモア〉のコクピット——スタートレックというよりは、キャプテン・ビデオふう——では、船長のグレイ・ウルフ・トリニティが船のコースを維持しようと苦戦していた。とんでもない旧式船なので、コントロールにはアップルの加速度計パッドを使っている——アップルが統一政府に接収される以前に製造されたものだ。その後、同社は軍需産業に組みこまれた。（これまた失敗した政治的実験のひとつ）。航法支援用には原始的なセンサー群があるだけで、乱流が目の前に迫るとパッドが振動して教えてくれる。

グレイはラグビーのスクラムのときチームに欲しいと思うような男だった——肩幅が広く、狭い空間には少し肉体が大きすぎる。宇宙船内に閉じこめられているところより、広々とした屋外にいる姿のほうが想像しやすいタイプだ。浅黒い赤銅色の肌とポニーテイルにした漆黒の髪から、一目でネイティヴ・アメリカンの血統だとわかる。グレイは操縦装置と格闘しながら、拡張実体視装置つきのアイ・レーダー・コントロールを装備した新型船を購入する資力のない自分に、何度めかの悪態をついた。

ZZトップの長く行方不明だった三人めのギタリストといった風貌の副操縦士は、狂ったようにトグル・スイッチを切り替え、計器の表示を読んでいた。イーノスは古株の飛行士で、どんなものでも飛ばし、軌道に乗せておくことができる。彼をグレイトフル・デッドのファンが集まるバーで見つけられてよかったとグレイは思った。イーノスの目的は、どこまでも信じられる何かを探すことだった。最後にもう一度どすんと音がして、モニターがラックから落下し——船の姿勢は正常に戻ったようだった。

「乱流の目に入ったようだな。最後の衝撃の被害は？」

「ちょっと待ってくれ」副操縦士はコントロール・パネルを操作した。「報告が入ってきた……くそ！　最後のＣ－Ｏポッドをやられた。盛大に漏れてるぞ」

「どのくらいもつ？　ボルネオ（原註　居住可能な惑星や衛星は古代地球の生態系との類似で命名されている。ここは熱帯雨林に似た気候だったため、ボルネオと呼ばれる）にたどり着けるか？」

「漏出は安定してる。穴が広がらなければ、慣性航行で滑りこめるだろう」

「気に入らないな。まだこの嵐の反対側を突っ切らなくちゃならないんだ」

「宇宙遊泳して穴をふさぐか？」

「時間がないよ、ブラザー・イーノス。破片《デブリ》の群れはもう目の前だ。おれはファミリーに状況を知らせてくる。操縦を頼む」

「了解した、グレイ」

グレイはインターカムに向きなおった。

「こちら長兄グレイ。本船は左舷の小惑星の崩壊で生じたデブリの嵐の目の中にいる。決断が必要だ。これからそっちに行く」

グレイはハーネスをはずし、重力サンダルをはき、コクピットの小さなハッチから出ていった。

「チャスティティに愛してるって伝えといてくれ」イーノスはしかめ面だったが、口調は穏やかだった。二人は長い付き合いだ。

「言わなくてもわかってるさ」とグレイは応じた。

船外ではぶつかり合うデブリの散らす火花がNG14の星の配置を照らし出していた。〈フィルモア〉にもっとましなセンサーがあれば、自分たちがどれほどひどいトラブルに直面しているか判断できたはずだ。脅威はいよいよ近づいてきていた。

知らなくて幸いというわけではない。ファミリーはボブ・ウェアの《ブラック・スローティッド・ウィンド》を合唱して不安をなだめていた。グレイ・トリニティが姿を見せると歌声はぴたりとやんだが、十代の少年二人だけは気づかずに、さらに数小節歌いつづけた。「しいっ！」とシスター・モードに鋭く制止され、やっと口を閉じる。

長兄トリニティは咳払いした。

「全員に知っておいてもらいたいんだが、状況はコントロール下にあり、さっきの嵐のせいでわれわれのエデンに到着するのが妨げられたりはしない。われわれは……待った！メアリーはいないのか？」

右舷の舷窓の前から聞き慣れた柔らかな声が答えた。

「ここよ、グレイ。あなたの息子がぐずりはじめたけど、大きなげっぷをひとつしたら治ったわ。ご挨拶なさい、ミッキー」

グレイ・トリニティはモジュールを滑空して横切り、赤ん坊を新米の母親から受け取った。二人の出会いを想像するのは簡単だった。たがいに自分にないものを求め合ったのだ。シスター・メアリーは繊細で落ち着いた、自信に満ちた女性だった。グレイは息子を頭の上に掲げ、非常用ポッドに収まったファミリーの面々に向きなおった。

「われわれの運命が拒否されることはないと言える理由がこれだ。前進し、産み増えていけば、新世界はわれわれに繁栄をもたらすだろう！」

「ジェリーに誉れあれ」会衆が斉唱する。

「〝姦淫〟しろってことだぜ」少年たちがくすくす笑ってささやき合った。

「しいっ！」

赤ん坊が楽しそうに父親の頭を叩きはじめる。

「いいドラマーになるって言ったでしょ！」シスター・メアリーは笑った。

「きみは預言者じゃないだろう」

船体に何かがぶつかって大きな音が響き、全員がいっきに苛酷な現実に引き戻された。

メアリーがポリマー製緩衝材で身体を固定するのを手伝いながら、グレイ・トリニティは率直に事実を語った。「さっきの衝突で最後の燃料ポッドに穴があいた。燃料は漏れているが、ブラザー・イーノスはボルネオの大気圏内までじゅうぶんに行けると言っている。そこからは慣性飛行で着陸に適した場所を探し、降下する――この〝旧式船〟で天国を周回できるのは、悪い話じゃなさそうだ」

グレイにすれば精いっぱいだったが、それで安心する者はいなかった。

「ただ、その前に、これ以上の損害を出さずに嵐の反対側を通過しなくてはならない。かなり揺れることになるだろう。全員、しっかり身体を固定して、心を強く持ってもらいたい。通過できたなら……」と言って言いなおし、「通過したあとは、すぐに次の行動に移らなくてはならない。パラシュートで船外に脱出する可能性も考慮して、今のうちに準備しておいてくれ。わたしはこの白鳩を降下させる」

平信徒の一人が周囲の声に押されて口をはさんだ。

「なあ、ブラザー、おれたちが母なる新地球3から六十七光年も離れたところまで来たのは、新しい故郷に頭から墜落するためじゃない。そうだろ？ 冗談じゃない！」

女性が一人、無重力下で顔の前に漂うロザリオをつかみ、明日などないと言いたげに祈りはじめた。

シスター・モードが飛び出すように割って入った。

「心配いらないわ、ジョン。グレイは父親になったばかりよ。無事に着陸させてくれるわ。

さあ、みんな、聖歌を歌いましょう」

一人また一人と《約束の地》を唱和する者が増えていく。

グレイは息子の頬を撫で、メアリーの美しい鳶色《とびいろ》の目を見つめた。

「だいじょうぶだ、メアリー。全員を故郷に連れていく」

メアリーはその目を見つめ返した。

「ああ、グレイ……ごめんなさい。あなたが息子を新世界で生まれる会衆の最初の一人にしたがっていたのは、知ってたんだけど」

「きみのせいじゃない。もう少しましな船があれば、何カ月か早く到着できていたんだ」

「無重力のせいで出産が早まったのは確かかね」

「人工重力装置がないことの利点のひとつではあるな」

そのとき船ががたがたと振動しはじめた。

インターカムから声がする。

「通過するぞ、グレイ。こっちにいてくれたほうがいい！」

グレイ・トリニティはメアリーの手を握り、息子にキスをして幸運を祈ると、背をかがめてハッチをくぐった。

非常用モジュールからコクピットに戻るには、間に合わせの小さなチャペルを通過しなくてはならない。船は骨董品かもしれないが、チャペルの蛍光装飾はシスティナ礼拝堂なみだった。素朴だが床には旋律の場が象眼され、嘆願者は魂の旅を通して金まみれの商業主義を離れ、ガルシアの道に至れるようになっている。グレイは一瞬足を止め、自分自身の回心のときを思い返した。

グレイ・ウルフ・トリニティというのは本名ではない。かつてはリンカーン・〝壊し屋〟・アンジラードという、ダイヴボールの評議会半球リーグの破壊的ブロッカーだった。全銀河杯において三年連続で世界を足の下に踏みつけていたのだ。遺伝的に改良された上に鍛えぬかれた肉体を持つ彼の人生は、いささか特別なものだった……あるとき親善試合で、最大のライバルチームの性悪タックラーに不意をつかれ、彼のキャリアは一瞬で終わった。新整骨再生術をどれほど駆使しても、元の状態に戻すことはできなかった。

自分でも驚いたことに、グレイは競技フィールドを去ることにほとんど感傷を覚えなかった。彼の魂にはずっと、スポーツでは埋めることのできない穴があいていたのだ。心の底ではつねに、自分にはもっと重要な運命的役割があるとわかっていた。そんな彼の運命を決めたのは、評議会の次の動きだった。どうやらダイヴボールの契約条項に抜け穴があったらしい。残りの報酬を受け取るには銀河スポーツ法廷に提訴する必要があり、判事がすべて買収されていることはわかりきっていた。

多少の蓄えはあったので、自分を探すために魂の旅に出ることにした。彼には信仰を渡り歩く癖があった。流行の宗教を次々と乗り換えるのだ。だが、いくら探しても本当の自分は見つからない。そんなある晩、彼女を見たのだ――メアリーを。未来の花嫁、星々のあいだで生まれた息子の母親を。

メアリーは自身も旅の途上だったが、その目的はもっとずっと実用的だった。セントラル大学の音楽人類学者で、〝音楽ジャンルが世代に及ぼす効果〟を研究テーマにしていた。日本の演歌からイタリアのカンツォーネやポルトガルのファド、ネオ・アーバン音楽まであらゆるジャンルを網羅し、旧地球のアメリカで六〇年代に流行したヒッピー音楽が今も演奏されているという、惑星ザ・ヴィレッジにある人里離れたコーヒーハウスを探していた。スポーツにまったく興味のない彼女はグレイを現地人と勘違いし、道を尋ねたのだ。

彼はまともに返事をしたかどうか、よく覚えていなかった。メアリーの美しさに打たれて茫然としていたのだ。そんな様子をあわれに思ったのか、メアリーはいっしょに来るかと彼に声をかけた。

この夢の女性と同席した瞬間から、《ダーク・スター》の最初の数小節が頭の中に響きはじめ、彼の人生は変化した。

船のチャペルをあとにする前に、グレイは彼らの導き手の鏡像の顎髭を軽くこすった。

ジェリー・ガルシアが微笑み返してきた。

船は上下前後左右に跳ねとばされ、ようやくボルネオの大気圏に突入した。一瞬、どうやら耐熱タイルももち、緑の処女惑星に安息の地を見出せるかと思えた。が、成層圏のオゾン層に突入したとたん、左のスタビライザーがもぎ取られた。手傷を負った〈フィルモア〉はたちまち右舷に流され、大きすぎる速度で降下しはじめた。

青々とした熱帯雨林は遠くから見るとのどかだった。旧地球年で四十三万六千年前、成長した植物をあとで商品として収穫するため、惑星探査機が二酸化炭素を豊富に含む球体を投下したのだ。だが、その事実は忘れ去られたか、手近にもっと儲かる惑星が発見されたかしたらしい。以来この惑星は手つかずのままだった。

銀河ジオグラフィックによると、ボルネオは〝原始的〟に分類されている。新地球3でグレイ・トリニティが通勤トラムに残されていた運命の記事を見つけたとき、彼の心と魂は、狂気の中のオアシスを発見したと確信した。信徒たちはどこにでもついてきただろうが、ボルネオ1はそれ自体が呼びかけてきていた。

その日は穏やかな風が吹き、二重太陽に温められた木の葉からは蒸気が上がり、そこらじゅうに咲いている紫のユリは異国的な馥郁《ふくいく》たる香りを放ち、小動物が草木のあいだを駆けまわり、色鮮やかな虫たちがあたりを飛びまわっていた。人工物はどこにもない。まさしく原始的だ！

何十億という植物が長い年月にわたって光合成をおこない、木々は二つの太陽の力で繁茂して、科学が予見したとおりのことが起きていた。濃厚な二酸化炭素大気は、今や生命を育む濃厚な酸素大気に変わっていた。

突如として、驚くべき咆哮が至福の朝を貫いた——人間というより獣じみた、原始的で生命力に満ちた声……。

その反響もおさまらないうちに、〈フィルモア〉がきしんで燃料をまき散らしながら熱帯雨林の上を通過し——ジャングルのいちばん深いあたりに突っこんでいった。一瞬の間があり、衝撃——耳を聾する轟音とともに、金属片と木々の破片が飛び散った。ジャングルがいっきに目覚め、パニックに陥る。こんなことははじめてで、動物たちは恐慌をきたした。恐怖は不協和音となり——そして……死のような静寂が訪れた。

動物の死骸を追っていけば飛行経路は明らかで、その先には地面に激突した〈フィルモア〉のねじれた金属片が散乱していた。元の形が判別できる部分もあるが、まったく見当がつかない部分もある。食糧貯蔵庫は比較的無傷だったが、コクピットと非常用モジュールは大きな被害を受けた。シュウシュウと音がして煙が立ち昇っているが、爆発は起きなかった。（爆発するようなものが残っていなかったのだ）悲鳴もなし、うめき声もなし、希望もなし。

夕方が夜になり、ふたたび二重太陽が昇って温暖な光であたりを満たしても、変化は何もなかった。やがて二つの太陽は争いをやめ、ジャングルの樹冠越しに射しこんでいた陽光が不気味な夜の闇に場所を譲った。

と、下生えががさがさと音を立てた。はっきり見定めるには暗すぎるが、明らかに何かの影が墜落した宇宙の方舟に近づいていく。二本足で立っているものの、会衆の誰かが生き延びていたとしても、見たことのないものだったろう。（もちろん生存者がいるとは考えにくかったが）

サルに似ているが、どこか違う……原始的で、ヒューマノイドではない。影は風のにおいを嗅ぎ、小首をかしげ……いきなりすさまじい力で残骸を引き裂くと……非常用モジュールの中に姿を消した。

しばらくして出てきたとき、その腕には毛布にくるまれたものを抱いていた。

「おぎゃあ！」赤ん坊の泣き声が静寂を破った。

目に見えない金属の翼が樹冠の上で羽ばたき、影は赤ん坊とともに姿を消した……感《グレイト》謝《フル》でもなく、死《デッド》でもなく……。

2　状況の聖者《セイント・オヴ・サーカムスタンス》

最新型クルーザーがボルネオ1（原註〈フィルモア〉とファミリーの夢の終焉から三十年のあいだに、ボルネオ1は再発見され、〈銀河ジオグラフィック〉の記事もまた、財宝掠奪の夢を掻き立てることになった）の重力井戸の縁すれすれを調査のために通過すると、全域光学3Dスクリーンに眼下の惑星の一象限が映し出された。一面の緑の中を流れる大河が巨大な真水の湖に注いでいる。クルーザーが高度を落とすと、この植物の楽園に荒廃の傷痕があらわれはじめた。草木一本ない荒れ地の広がり。それは人類が残した爪痕だった。

〈セプター37〉は乗員二十五名の惑星間長距離輸送船で、ハンピー船長のもと、〝ウィングズ〟としか呼ばれることのないクロアチア人操縦士が操船を担当していた。ウィングズは航法シートにハーネスで身体を固定し、思考を読み取る電極をつけている。今の航行速度だと、デッキになだれこむ視覚的・物理的なデータの奔流に人間の反応速度が追いつかないのだ。拡張実体視と最新のコンピューター・パワーのおかげで、深宇宙航行も最近ではかなりの部分がルーティン化されていた。ワープ波動航法の実用化以後はなおさらだ。

かつてのワームホール・超ひも航法はもはや古い思い出だった。コントロール・デッキは整然として落ち着いていた。数人の技術者が装備をチェックするため歩きまわっている程度だ。乗員は全員が、伐採採鉱業務を担う評議会最大コーポレートのロゴ——ダカット（原註　この時代の通貨）の上に交差したチェーンソー——がついたジャンプスーツを着ていた。

乗員たちはこの、訪れる者もめったにない、ほとんど世に知られていない資源惑星の姿に目を奪われた。現代の船には舷窓も展望パネルも必要ない。船首のセンサー群が情報を収集解析し、すべての部屋にある最先端のモニターに実物そのままの映像を投影するからだ。

船の空調システムには文明世界を離れて以後ずっとフェロモン無効化薬質が添加されていて、そのため男たちは、個人スペースに目の覚めるような女性が入ってきたことに気づかなかった。

ジェーン・ハワードは上陸したら一言挨拶を述べたいと思っているようだった。糊のきいたユニセックスなアバクロンビー&チャンの迷彩服は、肉感的なその体型とみごとな対照をなしていた。（これでイヴニング・ガウンか——あるいは水着だったら！）その一方、ジェーンの動きは運動選手のように滑らかで、知的な自信に満ちていた。空気中のフェロモン無効化薬物がなかったら、乗員の視線は彼女に釘づけだったろう。ジェーンは大スクリーン以外のものが目に入らない様子だった。上方のホロ・スクリーンに展開される映像に見とれていて、航法コンソールにぶつかりそうになる。船長が気づいて、あわてて彼女の腕をつかんだ。

「おい、あんた！　六十七ワープ年も飛んできたのは、上陸もできないうちに首を折るためじゃないだろう」

船長は乗員に向きなおった。

「おまえたち！　白雪姫が星間航行の眠りからお目覚めだ！」

フライト・デッキにいた者たちはようやく気づいた。目の前に女がいる！

「なんてことだ」ホルモンがようやく分泌され、眼下の惑星が一分前ほど興味深いものには思えなくなる。

（幸い、着陸は目前に迫っていて、固い大地に足を下ろすことへの期待は人類の雄の本能を凌駕《りょうが》するにじゅうぶんなほどだった）

航法士が長く低い口笛を吹いた。

ジェーンがはっとなる。

「あら。ありがとう、船長。前に冬眠チャンバーから起こしてくれたときよりずっと惑星に近かったものだから。まだ足もとがおぼつかないみたい。待機チャンバーの筋肉刺激装置が思ったほど効果的じゃなかったみたいね」

「そうじゃない。ふらつく感じがするのは、船が一カ月かけてボルネオの重力（原註　ボルネオ1は地球より少し小さく、重力は旧地球標準の九十パーセントである）に合わせてきたからだ。着陸すればちょうどよく感じるだろう」

ジェーンがモニターの前のいちばんいい場所に向かうと、乗員たちがゴルディアス海のように割れて彼女を通した。

「観測ポッドを使って自由に観察してくれ。着陸手続きがあるから、あと一時間ほどは軌道上にいる」船長が言った。「拡大率を上げれば、惑星上のすばらしい光景が見られるぞ」

「そうさせてもらうわ」

ジェーンは事前説明で聞いた情報を思い出し、ボルネオ1の四つの大陸を確認した。ひとつは開発に適した緑の大陸、もうひとつは不毛で、あとの二つは未踏査だ。

ジェーンが眼下の新世界に夢中になっているあいだ、火器管制員はあのみごとな髪型をどうやって維持しているのだろうと不思議がっていた。今はビジネスライクにうしろできれいに束ねていて、まるでファッション誌から抜け出してきたかのようだ。冬眠ポッド内でも髪は――ゆっくりとだが――伸びつづけ、彼の場合、一週間ほど前に目覚めたときは顎髭が三十センチにもなっていた。剃刀負けでまだ肌がひりひりしている。

船長の声が乗員たちの夢想を破った。

「航行は順調だ」とジェーンに向かって言う。「あんたが幸運を運んできたらしい。いつもなら流星雨の季節なんだ……新しい排障パネルの心配をしなくてはならないほどではないが」

「駐屯地からの連絡はまだ？」

「もうあったよ、ミス・ハワード。ボルネオ1の最初の入植者たちで、まだ警戒態勢を解いていない」

「警戒態勢？　現住生物がいるっていうこと？　もちろん植物は別にしてだけど」

「むしろ海賊に対する警戒だな。地下には金の鉱脈があって、海賊もそれを知っている。現住生物は発見されてないはずだ。進化が植物段階から先に進まなかったらしい。おれに理由を訊くなよ。おれはただの宇宙船乗りだ」

「父はそれを調べにきたのよ」

船長はデリケートな話題に触れてしまったことに、遅まきながら気づいた。

「わかってる。悪かった。そんなことを思い出させるつもりはなかったんだ」

「いいのよ。まだ希望は捨てていないし」

ジェーンは二十歳の誕生日に父親からもらったペンダントに手を触れた。

「ええと、もうひとつ言っておくことがある。下にいる木こりたち、あんたのことを伝えたときにあまり嬉しそうじゃなかった」

「入植者に用心しろってこと？　わたしの任務は、入植者たちを雇った評議会の承認を受けているのよ」
「われわれも評議会に雇われている」
「もちろんそうね。大気圏に突入したら教えて」
「必要ない。身体に感じるよ」

〈セプター〉はゆっくりと滑空を開始した。摩擦で翼が熱を持ち、たちまち輝きはじめた。二重太陽がその熱をさらにわずかに上昇させるが、じゅうぶんに許容範囲内だ。朝空に美しい炎がたなびく。船はワープ波動航法による旅を終え、数カ月ぶりに地面に触れようとしていた。

地上からも航跡と船の姿は見えるはずだ。船体は完璧なコントロールで滑空していく。(数十年前の〈フィルモア〉の必死の着陸と見比べられるのは、ジャングルの神々だけだ)

〈セプター〉はジャングルのはずれに新設された滑走路にゆっくりと進入した。

船が地上で減速し、パラシュートが開き、消防車と作業員輸送車がそのあとを追う——惨事が日常のこのあたりでは、それは標準的な手順だった。

〈セプター〉のメイン・ハッチが下に開いて渡し板になる。見習い船員が脇に寄り、ジェーン・ハワードのために道をあけた。コーポレートに属さない民間人というめずらしい乗客には、ボルネオ1への最初の一歩という名誉が与えられていた。ジェーンは明るく輝く二重太陽の下に足を踏み出した。肩まであるブロンドの髪――初登場の印象はたいせつだ――が朝の風に吹かれ、緑色の目にかかる。彼女は足を止め、新たな故郷を眺めた――少なくとも、任務が終わるまではここに住むことになる。

ジェーンは胸の内でつぶやいた。ふうん……船長の言ったとおりね。確かに固い地面の上にいるって感じがする。この渡し板から転げ落ちたりしないかどうか、とにかく試してみましょう！

西には目路《めじ》の限りまで緑のジャングルが広がっている。その樹冠の上に顔を出しているのは、はるか彼方に見える、雲まで届く山だけだった。

東は不毛な、岩だらけの荒涼とした平地だ。

と、いきなり響いてきた重機の音に注意を奪われた。

宇宙港とその周辺には巨大な製材機や伐採機を積んだトラックが並び、トラクターやブルドーザーがうなりを上げていた。ちょうど出発するところらしい。重機がどれも圧縮水素推進の最新型であることに、ジェーンは感銘を受けた。それでも全体ではどこか古風な印象がある。重いゴム製のタイヤのせいだろう（原註　評議会に属する世界の多くでは、接地するタイヤはすでに廃れ、浮遊推進が利用されている）。古いビデオで見たどんなタイヤよりも巨大なものさえいくつかあった。

「もちろん、木を切って、重さを測って運び出すには、地面に接している必要があるわけね」

ジェーンの背後ではすでに後部貨物室から斜路が伸び出し、新しい機械や車輛が荷下ろしされて、待っていたオペレーターたちのところに運ばれていた。朝のうちに運よく小雨が降ったため、土埃はまあ耐えられる程度だ。見わたすかぎり周囲一帯で大規模作業が進行しているというのに、空気は新鮮そのものだった。酸素分圧が高いので、とても気持ちがよかった。

作業員はほとんどが期間契約の苦力《クーリー》らしく、雰囲気はかなり陰鬱だった。監督者たちはジャンプスーツにヘルメット姿で、作業を急がせるため鞭を振るっていた。

ハンピー船長はジェーンの横に立ち、同じように足を踏ん張っていた。「領主《ラジャ》は新しいおもちゃが気に入るだろうが、作業員を運んでこなかったことを知ったら、おれの生皮を剝ごうとするだろうな。おれは元海軍で、人間の積み荷は運ばないんだ。ほかに奴隷運びを探してもらうしかない」

「奴隷運びですって？」ジェーンは驚いて、もっと話を聞こうとした。

「おっと……ラジャが来た。あとで教えてやるよ……機会があれば」

ジェーンは了解の合図をして、渡し板を下りはじめた。サファリ・ヘルメットを懸命に片手で押さえる。心地いい風が髪を前後に揺らした。

ラジャ・シンとドクター・グリーリーがクラシックなロールスロイスのリムジン（もちろん水素駆動に換装されている）から下りてきて、額の汗を拭いながらジェーンを見つめた。シンは旧地球の映画でときどき悪役もやった俳優のベイジル・ラスボーンに似て、優雅にして邪悪そうだった。丁寧に手入れされた口髭の先端に汗の玉が光っている。シルクのタイは予想してたけど、なかなかいいじゃない。ドクター・グリーリーは涙目の老船医で、系内最悪の駐屯地に左遷されていた。二人の右手やや後方には身長百九十二・五センチのいかつい顔つきのシーク教徒、モグールが立っている。モグールはシンのそばを決して離れない。無口な個人ボディガードだ。

ドクター・グリーリーは咳払いをして、片手を差し出した。「ああ、ミズ・ハワード、ドクター・グリーリーです。この地の果ての駐屯地で臨時雇いの医者をしています。ボルネオ1にようこそ。総監督者のラジャ・シンをご紹介します」

シンはジェーンが差し出した手を取り、大げさな身ぶりで口づけした。ジェーンの脳裏にネオ・イスタンブールでのひどく不愉快だった三カ月が甦った。植民者に鞭打たれているあの南アジア人たちはなんなの？　手の甲に飛び散る唾を見つめながら、ジェーンはじっと考えた。

シンは懸命に威厳を醸《かも》し出そうとしていた。

「おはようございます、ミス・ハワード。〝ドクター〟とお呼びしたほうがいいでしょうか？　人類学と原始文化研究で学位をお持ちだとお聞きしていますので」

ジェーンは慎重に手を引っこめたが、その手をどうすればいいのかわからなかった。

「ジェーンで結構です。文明世界から遠く離れて、堅苦しいことを言ってもしかたないでしょう」

「わかりました……では、ジェーン。ただ、ポーターには〝メムサヒブ〟と呼ばせることをご了承ください。鉄の規律が緩んだら、われわれは誰もが持つ〝内なるけだもの〟の餌食になってしまいます」

ジェーンはこの男が〝内なるけだもの〟のことをよく知っているようだと推測した。

ドクター・グリーリーは追従たらたらだった。

「おお、ラジャは相変わらずお考え深い。とはいえ、ラジャの配下の監視者たちが見張っていますから、われわれは安全です。その点は保証しますよ、ジェーン。これ以上安全な場所はないくらいです」

そう言ってシンにうなずきかける。お褒めの言葉を期待したようだが、そんなものはなかった。

ジェーンはモグールに目をやり、自分がこの〝保護〟を心強く思っているのか不安に思っているのか、判断しかねていた。

「わたくし、第一評議会鉱山資源コーポレート総支配人であるラジャ・シンが、キャンプ内でのあなたの安全を保証します。ただ、原始地帯に出ていくというなら――それはわたしの所轄範囲外になります」

シンは彼女の訪問目的を知っていて、あらかじめ釘を刺すつもりらしかった。

シンに手ぶりでリムジンへと促され、ジェーンは自分がこの奇妙に威嚇的なホストより背が高いことに気づいた。無重力の影響で、一時的にせよ脊椎が緩んで五センチほど背が伸びていることも身長差を際立たせていた。この事実をうまく利用すること、とジェーンは頭の片隅に書きとめた。

「車にどうぞ。太陽が二つとも出ていると、この時間はとてつもなく暑くなります。クーラーのきいた車で庭園地区の居住区までお送りしますよ。こちらです」

三人はすぐうしろにモグールを従え、照りつける二つの太陽の下、アスファルトの駐機場を歩いていった。ジェーンは空を見上げようとしたが、あまりにもまぶしすぎた。

陽焼け止めが必要だっていう予感は当たっていたわね。やれやれ。

パイプや筋交いを満載したトラックが数台、轟音を立てて通過した。ひときわ大型の過積載の一台がやや近すぎるところを通り――前輪がパンクした。

トラックは制御不能になり、ジェーンたちのほうに突っこんできた。積んでいた足場材が崩れ、なだれ落ちてくる。

シンの反応はすばやかった。ジェーンの身体を抱えて安全な場所に放り投げ、落ちてくる資材を驚くべき敏捷さでよけていく。（低重力下では誰もが銀河級の運動選手になれる）

モグールもすぐに反応したが、その目的はラジャを守ることだけで——新来の女など眼中になかった。鋼鉄の筋交いを片腕でブロックする。湿った音がして皮膚が裂けたが、気にもしていないようだ。建築用ブロックだったら粉々に砕けていただろう。鋼鉄製の筋交いさえ、くの字に折れ曲がった。

ドクターはあまり運がなく、尻に2×4《ツーバイフォー》の木材が激突して、その衝撃でぬかるみに叩きつけられた。泥だらけになって起き上がり、眼鏡を手探りする。幸い、傷ついたのは威厳だけだった。

ジェーンのバッグを運んでいた苦力のチェスターがその姿を見て小さく笑った。あまり利口なことではない。シンが手にした乗馬鞭で即座にその顔を打ち据えた。

「立場をわきまえろ、黄色いの!」モグールに向きなおる。「運転手を連れてこい!」

モグールはつぶれた運転席のドアを力ずくでこじ開けた。運転手は血まみれで、ぐったりしていた。

シンがルガーを抜き、撃とうとして……ジェーンに腕をつかまれた。

「やめて! 怪我をしているのが見えないの? タイヤがパンクしたのはその人のせいじゃありません!」

シンは腕をつかまれたままジェーンの手を見下ろし——歪んだ笑みを浮かべて、モグールに手を出すなと合図した。

「光栄ではありますが、ジェーン、ただ、誰かがわたしの身体に触れると、モグールがあまりよくない反応を示すことは覚えておいていただきたい」

ジェーンも思わず腕をつかんだことを快く思っておらず、急いで手を引っこめた。

運転手を診ていたドクターは、すばやい診断で助からないと見極め、ラジャ・シンに向かってかぶりを振った。

「苦力の数には限りがありますが、無礼があればその場で処刑します」

ジェーンはその口調の冷たさに身震いした。

シンはすぐに穏やかな口調に戻った。「お怪我はありませんか?」

「ええ、だいじょうぶそうです。助けてくれてありがとう。でも……」

「気にしないでください、ええと、ジェーン。ただ、ボルネオ1はあなたのように繊細な若い女性が滞在するような場所ではないかもしれません」

「わたしが〝繊細〟でなどないことは保証します。ふだんなら自分の面倒は見られるんですけど、あまり突然だったものですから」ジェーンはそう言い、本題に入った。「父を探しにきたんです。見つけるまで、ここを去る気はありません」

「その話は夕食のときにでも。ドクター・グリーリーが居住区にお連れしますから、シャワーを浴びて休んでください。残念ながらわたしは仕事がありまして。八時ではいかがです?」

ジェーンは相手のうわべだけの丁寧さに調子を合わせた。

「光栄ですわ。日周時間で、それとも現地時間でしょうか?」

「もちろん日周時間です。現地時間に慣れるほど長居するつもりはありませんよ。わたしが短い夜に慣れたりしないことはシヴァ神がご存じだ。朝が苦手なたちでしてね、ジェーン。たぶんあなたもそうではないかと思いますが」ごくかすかなほのめかしだった。

それだけ言うとシンは踵《きびす》を返し、事故現場の清掃作業員を監督している者たちを叱責しにいった。

リムジンはシンの言う〝庭園地区〟に向かった。ジェーンはドクター・グリーリーといっしょに後部座席に座った。途中、反対方向に向かう数台の大型トラックとすれ違った。

「ラジャはたいしたかただと思いませんか？　あれほどの人物はほかに見たことがありません――外面は洗練されて文明的だが……内面は墓石のように冷たい」ドクターはそう言い、どうしてもきれいにしておけないらしい眼鏡のレンズを拭いた。「まさに適材適所ですよ、ミス・ハワード。遠く離れた星系で、評議会が支配する世界の中でも最悪の悪党どもを相手にするのですから……」

「まさにそういう仕事のために生まれてきた人のようね。リベラルなわたしからすると、少し権力をひけらかしすぎるようですけど。ところで、あなたにせよ、あのおしゃべりなボディガードにせよ、どうしてあの人の前では卑屈になるのかしら？　〝ラジャ〟というのもちょっと大げさじゃない？　もう五世紀も使われていない称号よ！」

グリーリーは小さく笑って答えた。

「実際には一般人ですからな。南アジアの血統でさえなく――まあ、旧惑星の血筋に何か意味があるわけではありませんが――それでもモグールは、あのかたが宇宙最後のバラモンだとでもいうように護衛しています。一方わたしのような者は――蓄えも家族も未来もなく――あのかたの厚意にすがるしかないのです、ミス・ハワード。あのかたのエゴを満足させ、その見返りに嵐を乗り切るための避難所と酒瓶を提供してもらうわけです。ここにいるあいだは、あなたもそうしたほうがいいと思います」ドクターは言わずもがなのことを付言した。「酒瓶のことではありませんよ」

ジェーンは反論しようとしたが、それは見当はずれだと気づいて話題を変えた。

「ここの作業が木材の調達だということは知っていましたけど、スケールの大きさに驚いたわ。あんな巨大な重機ははじめて見ました」

「そこがラジャなのですよ。一財産作る機会を手にしたら、徹底的にやる人なんです。実際、この駐屯地に貴重な木材がこれほど存在するとは、本人も驚いていると思います」

「旧地球が失われて以来、自然の木材はもっとも稀少な資源になっているそうですけど、実のところ、あなたはそこからどのくらいの利益を得ているのかしら？」

「わたしですか？　いや、微々たるものです。監督者たちはもう少しもらっていますが。ラジャの取り分が最大なのは当然ですな。ここでの作業が終了するころには、自分のカルテルを創設できるでしょう」

「なるほど、でも……」ジェーンの言葉が途中で止まった。

一台のトラックが行く手を遮り、ジェーンは先刻の事故を思い出して恐怖の表情になった。リムジンは急ブレーキをかけ、トラックが通過するまで待つしかなかった。

ドクター・グリーリーは彼女を慰めた。

「ラジャのところではつねに商業優先です。それだけのことですよ。作業車輌が近づいてきたら、道を譲ることです」


と、痩せた恐ろしげな顔がいきなり窓に貼りつき、中に入ろうと表面を掻きむしった。

ジェーンは縮み上がり、ドクターの膝の上に飛び乗った。

ドクターがくすりと笑う。

「心配いりませんよ。この中にいれば安全です。ドアは自動でロックされますし、窓やパネルはレーザーでも破れません。ああいう連中は運転手が面倒を見てくれます」

「でも、あの人たちはいったい……」

ドクター・グリーリーはジェーンの言葉を遮った。

「ですから、世界の残り滓――最悪の牢獄から集めた徴募労働者ですよ。誰にでも腐っていく自由はある。この強奪的な開発に〝志願する〟自由がね。その中から落ちこぼれた者たち、鞭にひるんだ者たちに残されているのが、ごみ漁りです。ここから引き上げるとき、いっしょに連れていくことはないでしょう。何にしても、ラジャはすべてを管理していますす」

「でも、本人の身に何かあったら?」

「そのときはアテナのご加護を祈るだけです、お嬢さん。アテナよ、われらをお救いください、と」

アスファルトの駐機場を出ると、庭園地区まで道路の左右にはジャングルが続いていた。日陰を作るためというより、訪問者を圧倒するのが目的らしかった。舗装されたばかりの道路など、一夜でジャングルに呑まれてしまいそうに思える。風に乗って見慣れない蝶が舞っていた。

「愛らしいでしょう」ドクターがため息をついた。まだ冒険が可能だったころの冒険を思い出しているようだ。

「あのランの花もみごとだわ――少なくとも、見た目はランね。父ならわかるんでしょうけど。植物学者ですから」

「船長からラジャ・シンに来訪の通知があって、あなたの書類は拝見しましたよ、ジェーン。状況はよくわかっています……あなたが何をしたいのかも」

「どういう意味かしら、ドクター?」

「こんなことを話したとシンに知られたら、わたしは油で煮られるでしょうが、実は、父上を見かけたのです」

ジェーンは革張りのシートの上でくるっと身体を回転させた。希望と恐怖に目を大きく見開いている。

「父を見かけた？　いつです？　どんなふうでした？」

「激怒なさっているようでしたね。三カ月ほど前、たまたまラジャの書斎の前を通りかかったとき、ラジャと激しく口論する、聞き覚えのない声を耳にしたのです。素通りもできず、ベランダのドアの陰に隠れて聞き耳を立てました」

「何を聞いたの？　何があったんです？」

「その、ジェーン、上品で教育もある……年輩の紳士というのは……ラジャ・シンがもっとも嫌いなタイプで……そんな人が……なんだったかな……そう、〝古代の処女をレイプしている〟とラジャを非難していたんです」

「間違いなく父です」

「あとでそうではないかと思ったのですが、いま確信しました」

「それで、どうなったんです？」

「口論はシンが廃棄物をそこらじゅうに放置していることについてでした。父上は本当に激昂していて、双方が脅迫を投げつけ合っていました。どちらも負けていなかったと言っていいでしょう。残念なことに、そのとき使用人がアフタヌーン・ティーを運んでくる音が聞こえて、話が終わる前にその場を離れるしかありませんでした。そのあと父上の姿は見ていませんし、シンもこの惑星にほかの人間がいることを、わたしに話そうとはしませんでした」

確証が得られて、ジェーンは不安ながらもほっとし、シートに沈みこんだ。

車は走りつづけている。クーラーの涼しさが心地よかった。

「部屋もこのくらいエアコンがきいているんでしょうか、ドクター？」

「それはもう。太陽光エネルギーは使い放題ですから。夜は涼しくなりますが、二つの太陽のせいで、ごく短いのですよ。年間を通じて、暗くなるのは一日四時間程度です。ここはボルネオの赤道近くでしてね。すぐに昼寝の価値がわかると思いますよ。英国紳士にとってこの暑さは、あるいは腐敗は……」

その後は何事もないまま、リムジンはジャングルの中の宏壮なコロニアルふうの屋敷に到着した。旧地球の世界大戦前にあった、マレーのゴム・プランテーションの屋敷といっても通りそうだ。敷地の隅には哨所が点在している。

リムジンはプランテーションの大邸宅の日除けの下に滑りこんだ。運転手が急いでドアを開ける。最初はレディ、次にドクターの順だ。使用人が三人、荷物を運ぶため足早に近づいてきた。

ドクターは邸宅に隣接する来客用バンガローを指さした。

「ご満足いただけるといいのですが」

「とても印象的だし――驚きました」とジェーン。「どうやってこんな建物を？　あなたがたが来るまでボルネオ１は無人だったはずですし、それだってせいぜい……確か……」

「ちょうど六カ月になります。驚きですか？　あの邸宅も、簡単に移設できるプレハブ建築なのですよ。ラジャは自分を地球の植民地時代のパトロンになぞらえていて、遠征先にはかならずあの邸宅を移設します」そこで一拍置く。「何か必要なものがあれば――ここにあるものなら――ボーイに言ってください。それでは八時に……日周時間の。ラジャは格好をつけたがるところがありますから、多少ともフォーマルな服装でお願いしたい……」

「では八時に、ドクター」ジェーンはそう言ってウィンクした。

3　虚脱した宮殿《ブロークダウン・パレス》

　夜が近づくころ、次の森林区画を裸にしようと、樹木殺しの一隊が翌日伐採する木々を計測し、マークしていた。武装した警備員が二人、川の対岸に目を凝らし、襲撃の兆候はないかと警戒している。その緊張した様子から、これがはじめてのことではなく……じゅうぶんに警戒する理由があることがわかった。

　と、下生えの中からいきなり、サイに似た動物が突進してきた。警備員ははじき飛ばされ、武器を取り落とし、悲鳴を上げて逃げだした。サイは鼻を鳴らし、サファリ・ワゴンに突進して裏返しにした。

　豹に似た動物が恐ろしい形相で枝の上から跳躍し、もう一人の警備員も命からがら逃げだした。伐採作業員たちが道具を放り出してそのあとを追う。

（闇の中で二頭の姿ははっきり見えない。旧地球の古生物学者がよく知っている動物を思わせるが、しかし……）

二頭は巨木の枝を見上げた。豹が挨拶するように咆哮し、サイは鼻を鳴らしながら前肢で地面を掻いた。枝のあいだにがっしりした体格の、黒髪の若い男がうずくまっているのが、かろうじてわかった。その影がまっすぐに立ち上がり、血も凍るような雄叫びを上げた。声はいつまでもジャングルに響きわたった。


大邸宅の敷地内を傭兵たちがパトロールしている……重武装で、隊列を組んで。

バンガローではジェーンが着替えを終え、化粧台の上の鏡を見つめていた。

「まあ、待機チャンバーの効果って本当だったのね。ビタミン・エリキシル剤を点滴しながら無重力で数カ月過ごすと、こんなにスタイルがよくなるなんて！　乗船したときに比べて皺も減ってるみたい。小麦色オプションもうまくいってる！　でも、ここの二つの太陽の下に出るときは陽焼け止めが必要ね」

くるりと回転して、うしろ姿も確認する。

「よし、それじゃ、登場しましょうか！」


ラジャは大テーブルの上座に行儀よく、いかにも紳士然として座っていた。ジェーンの到着が告げられると、弾かれたように立ち上がる。

ジェーンが〝登場〟と言ったのは、冗談ではなかった。（サファリにイヴニング・ドレスを持っていく女性がいるだろうか？　ジェーンは持ってきていて、それが効果を発揮した）陽焼けマシンの威力も大きかった。白く肩紐の跡が見えないので、肩から胸の谷間へと続く緑のシルクがひときわ引き立つ。ジェーンはヒールの高い靴で背筋を伸ばして立ち、ラジャよりも背が高いことを強調した。モグール以外、シンよりも長身の人間はいないようだ。彼女はこの手札をいつでも有効活用できることになる。

ハンピー船長とウィングズも招かれているのを見て、ジェーンは嬉しかった。ちゃんと風呂に入って制服を着こんだ二人は、見違えるほどどきりっとしている。

「こんばんは、船長、ウィングズ」

「光栄です、ミス・ハワード」船長が丁寧に会釈し、いたずらっぽい笑みを浮かべた。「われわれあわれな水夫たちは、本物の食事にありつける機会を見逃したりしませんよ──とりわけ、シリアルと宇宙粥で何カ月も過ごしたあとには」

ウィングズもめずらしく口を開いた。「すばらしい目の保養でもあります、船長！」

港に着いたばかりの船乗りはだいたいこうだが、ラジャの刺すようなしかめ面のせいで、ウィングズはそのあとずっと一言もしゃべらなかった。

ドクターはテーブルのいちばん端の席にいた。誰かがタイをなおしてやるべきだろうが、本人は目の前にある、クリスタル製のからのマティーニ・グラスにしか興味がないようだ──ホロ・ファッション誌に出てくるような食器類には目もくれない。小さく手を叩くと、お仕着せ姿の使用人がすばやくグラスを満たし、パール・オニオンを落とした。ウォッカではなくジンがベースらしい。

ドクターの隣席はシンの主任監督者の一人、グラヴィスだった。モグールはシンのすぐうしろに立ち、周囲を見張っている。シンとジェーンのあいだの席は思わせぶりに空席だった。


ジャングルから響いてきた遠い雄叫びに、全員が顔を上げた。グラヴィスが窓辺に駆け寄る――片手はショルダー・ホルスターの銃にかかっていた。モグールはサーベルをなかば鞘走らせ、シンを護衛できる位置に移動した。

しばらく待つ……それ以上は何も聞こえず、シンが口を開いた。

「心配いりません、ドクター・ハワード。風の音でしょう」

彼が使用人に向かって指を鳴らすと、隠されたスピーカーからベートーベンのピアノ・ソナタ《悲愴》が響いてきて、ジャングルの物音をかき消した。

「でも、あれは何だったんでしょう？　明らかに人間の声で、風の音には聞こえませんでしたけど」

「いや、あれは間違いなくジャングルの自然《ナテユレル》の音ですよ」

ドクター・グリーリーが口もとを拭いながら、古代のフランス語を交えて言った。

シンがきびしい口調でそれを咎《とが》める。

「そういう大げさな言いかたはよせ、ドクター。客人を怯えさせるではないか」

「では、やはり父が言ったとおり、動物がいるのですね」

グラヴィスがシンのほうを見て、その意を受けたように口を開いた。

「ここでの任務にはあなたの父上を探せという指示も含まれています。最後に報告があったのは、われわれが着陸する一ヵ月前だったはずです。独特の理論も多少書いてありましたが……あまり筋が通っているとは思えませんでした」

テーブルの端ではドクターがオニオンを喉に詰まらせかけていた。シンのほうは、すでに父親に会っているとジェーンに告げるそぶりすら見せない。

ジェーンはすばやく、〝秘密を漏らすつもりはないわ〟という視線をドクターに投げた。オーケー、ドク、ひとつ貸しよ！

そのあとグラヴィスに返事をする。

「ええ、父は評議会の分子植物学者でしたけど、自分の研究をしたがっていました。大学からの助成金で数年間のフィールドワークが可能になったので、ここで自分の理論を実証しようとしたんです。銀河系探査船に飛び乗って、この象限に向かいました……以後どこにも連絡がありません」

「父上は何を探していたんです、ミス・ハワード？」シンが尋ねた。

「キャッツアイ星雲調査隊が古代プレアデス文明の証拠を持ち帰り、その公式記録が最近解読されて、この古代星間文明がロボット探査機を送り出していたことが判明しました。それがこの星系の、この惑星らしいんです。最近のプローブ探査でもその理論は裏づけられています」

ふたたびグラヴィスが言った。「お父さまは例の宇宙陰謀論者の一人なのですか？　もし本当にこの惑星にいるとしたら、十ダカット対一ルピーで賭けてもいいが、異星人の遺物を漁っているはずです。金になるのはそういうものですからね！」

「父はまじめな科学者です。この惑星に夢中になったのは、新しい植物相が発見できると考えたからです。評議会は父を何年もデスクに縛りつけていました。古代文明の遺物を探すのは、むしろわたしの専門です」

ここでドクター・グリーリーがようやく元気を回復した。

「だが、それはシステム時間で何十万年も昔の話――主星が爆発する以前の話です。プレアデス文明が植民したと言われる多数の惑星の中から、父上はなぜここを選んだのです？」

「父はプレアデス文明の合成ＤＮＡに興味を示していました。主星が爆発すると知って、居住できそうな惑星に片端からロボット探査機を送ったのです。

故障や事故が多発することも予見していて、劣悪な条件下でも自己修復と自己複製が可能なバイオドロイドを開発しようとしました。その結果が合成DNAによる、生殖可能な生物マシンでした。父はこの開発が成功したと考えていて、遺伝子工学の成果が惑星固有の植物相や動物相に影響を与えたはずだと推測しました」

「わたしに言わせればたわごとですよ」グラヴィスはまったく信じていないようだ。

シンは話の方向が気に入らないらしく、横から口をはさんだ。

「興味深いが、わたしは単に……」

その言葉を遮ったのは、唯一ラジャの命令に従わなくていい人物——ようやく登場した魔性の女《ファム・ファタール》、マラケシュだった。黒い目を輝かせ、翡翠色のシルクのローブをひるがえして、遠い昔のキャバレーの、カスタネットの音さえ聞こえそうなくらいだ。一輪のランがその片耳を飾り、反対側には長い漆黒の髪がたなびいて、オリーブ色の肌の上で揺れていた。

(この香りはジャスミン?)

部屋に入ってきたマラケシュは、即座にその場を支配した。モグールの横を通り過ぎるとき、使っていたティッシュを誘惑するように彼のポケットに押しこんだ。モグールはまっすぐ前を見つめたままだったが、額には汗が浮かび、心拍数も跳ね上がっていた。

シンの雰囲気が一変した。「ああ、きみはいつもながら時間厳守だな……」

「みなさんには謝りますわ、ミロード。使用人がボディ・マッサージ用のオイルを間違えて、最初からやりなおさなくてはならなかったんですの！」

朗《ほが》らかな笑い声を聞けば、それが嘘なのは明らかだ。

シンにはマラケシュに場を支配させておく気はないらしかった。

「その使用人もきみと同じように後悔していることだろう……おっと、マナーを忘れるところだった。お客様を紹介しよう——この未開の、だが信じられないほど金になる惑星に降り立った二人めの女性だ。ドクター・ハワード、こちらはわれらが賢者にして嫉妬と競争心と混乱の原因、マラケシュ・ド・ヴォルテアです」

「よろしく《アンシャンテ》、マダム・ド・ヴォルテア。まさかここに女性がいるとは……」

「マラケシュでけっこうよ。それ以上長くも、もちろん短くもなく。ドクターですって？やっとまともな医療が受けられるようになったのかしら？」

ドクター・グリーリーも黙ってはいなかった。

「いや、マラケシュ、まだわたしの診療を受けてもらうしかないよ。ミス・ハワードは科学者だ。ところで、前回の健康診断の結果をまだ聞きにきていないようだが？」

「次に診てもらうのは、わたしの臨終のときでじゅうぶんよ」

またしてもいたずらな笑い声を上げ、魅力を振りまく。

シンはもう一度、この異国的で興味深い女性からなんとか主導権を取り戻そうとした。

「ドクターにはわたしから、必要だと思ったらいつでも健康診断をするように言ってあるんだ。きみを病気にするわけにはいかないだろう?」

マラケシュはジェーンを見て言った。「わたしの気持ちがわかる? きっと男たちはみんな新しいおもちゃに夢中になるわ……」

ジェーンは侮辱されたと感じていいはずだったが、なぜかこの奔放な女性が気に入ってしまい、こう答えた。

「残念ながら長居はできないの。ここには父を探しにきていて、できるだけ早く捜索を開始したいから。わたしが戻るまで、一人でやっていってもらうしかないわ。何かわたしに手伝えることがあるなら……」

ドクター・グリーリーが勢いよく立ち上がり、ギブスンをこぼした。

「すばらしい、ミス・ハワード!」乾杯するようにグラスを上げ、「あなたの旅がすぐに終わり、喜びのうちに帰還できますように」

シンが小さなベルを鳴らすと、料理が運ばれてきた。まさにラジャにふさわしい晩餐だ――ロブスター、雛鳥、キャヴィア。ジェーンは自分の目が信じられなかった。ずっと宇宙食だったので、手を出さずにはいられない。

マラケシュも精力的に料理を口に運んでいる。

ウィングズは豪勢な雰囲気に気おされたらしく、船長を見てナイフとフォークの使いかたをまねていた。だが、長くは続かない。あまりの美味に圧倒され、船の食堂にいるように貪り食いはじめる。それを気にする者はいなかった……が、シンだけは別らしく、食事のあいだじゅうウィングズのほうを見ようともしなかった。

食事中の会話は、誰もが自分の序列を少しでも上げようとするので、いささかぎごちないものになった。ドクター・グリーリーは早々に脱落したが、あとの三人はたがいに譲らない。船長がラジャの厚意を得ていないのは明らかだった。

「作業員の補給もせずに、評議会はどうやってわたしに期日を守らせるつもりなのかな」とシン。

「それは評議会に言ってください。わたしは苦力の輸送には関わらないので、ほかの船を見つけてもらうしかありません」

「実に気高いことだ、船長。だが、いささか近視眼的だな。作業員の補給がないと、今いる者たちの生産性も落ちてしまう！　わたしが期日を守れなければ、きみの手数料にも響いてくるんだぞ！」ラジャは血圧が上昇していそうだったが、ハンピー船長は妥協しない。

ジェーンは話題を変えることにした。

ラジャという尊称を使わないよう、〝ミスター〟をやや強調して、「ミスター・シン、父に会っていないというのは確かなんですか？　これだけの規模と範囲の作業を見落とすとは思えないんです」

シンは不機嫌さを隠しながらも、ドクターに咎めるような視線を投げて答えた。

「ええ、会っていません。ただ、これは父上が不幸に見舞われたという意味ではありませんよ。ここは実に油断ならない世界です。父上が惑星の反対側にいて、われわれの存在に気づいていないのだと期待したい」

「未知の大陸のどちらかに着陸したのかもしれませんね。間違って第三大陸に降りていたら、残念ながら、あそこは死の世界です」とグラヴィス。

（そんなはずがないことはジェーンにもわかっている）

「ミスター・シン、降下時に見たんですけど、すでにこの惑星をかなり荒らしているようですね。伐採作業員が野営の跡とか、発掘現場のようなものを見ていませんか？」

「荒らしている？」ドクター・グリーリーは思わず声を上げた。非難めいた言葉にシンがどう反応するかと考え、ぞっとしたようだ。

「いいんだ、ドクター。われわれの客人は純粋主義者で、ここの経済がどうなっているか、わかっていないだけだ」

シンは挑発的な言辞に対し、いつになく寛容なところを見せた。

マラケシュはそこに口をはさむ誘惑に抗えなかった。

「要するにここの男どもは海賊なのよ。単純明快だわ」

シンは大声で笑いだし、クラレットをこぼしそうになった。

「それだ！　わたしはキャプテン・キッドと黒髭とラフィットを合わせたようなものだよ。宝を探していくつもの銀河を渡っていき、見つけた宝はすべていただく！　うしろめたいところなどない」

「すばらしい成功をおさめていますわね、ミスター・シン」

ジェーンは片手を振って晩餐と豪華な内装を示し、シンの主張を認めた――当面は。

「評議会もそう考えている」とボルネオ1のラジャ。「そうだろう、船長？」

「前回運んだ荷物は星間オークションの新記録を作ったとか……聞いた話ですが。実のところ、積み荷の値打ちにはあまり関心がありません。わたしは評議会から運賃をもらい、それを船員に分配するだけです」

宇宙船乗りは話題が無難なものに変わってほっとしていることだろう。

ジェーンは興味を感じた。

「どうやってそういう……」慎重に言葉を選ぶ。「……〝宝〟を文明世界に運ぶのでしょうか？」

船長は知識を披露する機会を歓迎し、咳払いした。

「おほん。まさにそこなのですよ。積み荷を満載したら、いくらボルネオ1の重力が小さいといっても、船はとても離陸できません。すでにぎりぎりの重量の積載は終わっていて、明日には離陸する予定です。そのあと惑星周回軌道に乗ったら、貨物シャトルを発進させます。一度に百宇宙トン運べますので、これで地上と軌道上を往復し、船の積載限度まで木材を積みこみます。深宇宙では積載重量は問題になりません。目的地に到着したら、積みこみのプロセスを逆にくり返すわけです。運がよければ日周時間で三ヵ月後にはここに戻ってきて、次の荷を積みこむことができるでしょう。オークションの結果しだいではもっと早いかもしれません」

マラケシュは船長の仕事の話に退屈したようだった。

「あら、かわいそうに。ジェーンはそれまで、この地獄の穴に囚われの身になるっていうことじゃない！」

「出荷が始まった以上、輸送船は次々にやってくる。ジェーンが出ていこうと思えば、いつでも出ていけるのだよ」シンがやや恩着せがましい口調で言った。

「父が見つかるまでは出ていきません。早いに越したことはありませんが……もしじゅうぶんな時間があれば、父の研究をまとめる手伝いもしたいと思っています。そのあと二人で文明世界に戻ればいいのですから。時間はたっぷりあります。それまでのあいだは、マラケシュ、あなたと楽しく過ごしたいわね」

「一本取られたわ、ジェーン」

チョコレート・スフレと食後酒のあと、全員が席を立った。

シンがジェーンに手を差し出す。

「ああ、ミス・ハワード、あなたを驚かせようと用意したものがあります。サンクチュアリに来ていただけますかな？」

「サンクチュアリ？」

マラケシュがうんざりした調子で、「この人の病んだ狭い心の産物よ。すぐに慣れるわ」

シンが憤然と反論する。「何を言うか！」

ドクター・グリーリーが、「マラケシュの舌鋒は毒蛇のように鋭いのですよ」ととりなし、片腕を彼女にまわそうとした。「それも魅力のひとつでしょう？」

マラケシュは身を引いた。

「触らないで、酔っ払い。飲んでるんでしょう――またしても！」

マラケシュはドクターに背を向け、つねに待機しているウェイターのトレイからカクテルを取った。

「行ってらっしゃい、ジェーン。その人のけちな〝サンクチュアリ〟を楽しんでくるといいわ。わたしはここで飲みながら待ってるから」

ジェーンはとまどいきった表情でシンに先導されてベランダのドアをくぐり、奥に進んだ。ドクター・グリーリーはこれは見逃せないとばかりついていったが、その前に飲み物のお代わりをするのを忘れなかった。

調光プレキシ・パネルの下にとてつもなく大きな植物園が広がっていた。最初のうちは暗くて神秘的だった。何かが走りまわる音に、ジェーンは目が慣れるまで、やや不安を覚えた。

「心配はいりませんよ、ジェーン。わたしの支配下にあるものは、すべて完璧に管理されていますから」

ドクター・グリーリーが小声でつぶやく。「そう願いたいものだ……」

「人工太陽を点灯して、よく見えるようにしましょう」

シンがスイッチを操作すると、温室の中が真昼のように明るくなった。全員がまぶしさに目の痛みを覚える。ジェーンはすばやく航空用サングラスをバッグから取り出した。リスに似た小動物が、金属的な光沢のある翼で木々のあいだを飛びまわっていた。

オウムに似た鳥が藪の上で甲高い声を上げ、ジェーンを驚かせる。

「やっぱりこの惑星には動物がいるのね！　父が言っていたとおりだわ！」

「動物を見つけたら標本を捕獲するよう、部下に命じてあります。実に興味深い生き物だ……そう思いませんか？」シンがそう言って、鳥舎《とや》の奥を指さす。

ジェーンは慎重に歩きだしたが、すぐに科学的好奇心が先行し、二人の男がほとんど追いつけないほどになった。見ていくとたくさんの、どことなく見覚えのある小動物が次々とあらわれ、植物のあいだに逃げていく。鮮やかな色彩の空飛ぶリスから、きらめくハチドリや、木から木に飛び移る動物の姿も見えた。好奇心を抱いたツバメがドクター・グリーリーの目の前をかすめ、ドクターは飲み物をこぼした。

ジェーンは生物種の多様さに目をみはった。

「ああ、もう少し詳しく調べてみたいわ。この標本をどうするつもりですの、ミスター・シン？」

ドクターがタイにこぼれたベルモットを拭きながら答えた。

「ラジャはいろいろと重責を負っているんですよ。あなたなら、捜索から戻ったあと、この生物種をいくつか評議会に持ち帰って研究したいと思うかもしれませんね。ラジャは気にしないと思います」

「もちろんです、ドクター・ハワード。好きなものをどうぞ。だが、まずこれを見ていただきたい。ボルネオ1は、あなたが考えるようなエデンの園ではないのですよ」

シンはジェーンを小さな洞窟に案内した。杭につながった鎖が内部へと伸びている。洞窟の手前には空気穴をあけた木箱が置いてあった。

シンは箱の蓋を開け、毛深いモルモットに似た愛らしい動物を取り出した。

ジェーンは我慢できずにそれを抱き寄せた。

「なんてかわいいのかしら。八つの誕生日のとき、父からもらった子に似ているわ。毛《ファーボ》玉《ール》って呼んでいたの」

シンはとまどった顔でしばらくジェーンの様子を見ていたが、やがて動物を取り上げ、モグールに手渡して、さらに少し足を進めた。

シンの目が期待に丸くなる。「ペットではないんですよ、ジェーン」

モグールは毛玉のような動物を洞窟の前に投げ出した。それはすぐに周囲の草を食べはじめた。

と、鎖が鳴り、ぴんと張りつめた。洞窟の奥からハイエナに似た動物が突進してきて、毛玉に襲いかかる。残虐な光景に、ジェーンは気分が悪くなった。その怒りをすまし顔のシンに向ける。モグールの顔にもかすかな笑みが浮かんでいた。

「よくもあんなことを！」

「ジャングルの掟ですよ、ジェーン。あなたに見てもらいたかったのです。捜索を考えなおすかもしれないと思いましてね。外に広がるジャングルは探検の最前線で、一般に信じられているような楽園ではないのです」

「まさにそのとおり」靴に血が飛び散っていないか確かめながら、グリーリーが言った。

ジェーンはひるんだりしなかった。

「自分の面倒は見られます。そんなジャングルに父がいるのだとしたら、ますます早く探し出して、安全な場所に連れてこなくてはなりません」

「ジャングルに父上が……まだいるとしたら、とっくに連絡してきているはずではありませんか？　捜索してみたところで、残念な結果になるだけだと思います」

ジェーンは刺すような視線をドクターに向けたが、約束を思い出して自制した。（シンが父親を知らないと嘘をつきつづけるのを、いつまで見過ごしておけるだろうか？）

ジェーンはボルネオ1のラジャにすべての注意を集中した。

「こんなことであきらめる気はありません。むしろ何としても父を見つけなくてはならないと、決意が固まりました。病気か怪我で動けなくなり、連絡が取れないのかもしれません。明日、夜明けとともに出発します」

シンはこの最初の夜に自分の言い分をたっぷりと主張したわけだ。

「わかりました。準備はすべてできていますから……」

三人は引き返しはじめた。ジェーンは最後にもう一度、惨劇の現場に目を向けた。犬がよくやるように、ハイエナに似た動物も毛玉を何口かに分けて飲み下し、笑うような声で吠えていた。その声はサンクチュアリじゅうを静まり返らせた。

晩餐室に戻るとマラケシュが心配していた。

「どうだった？ シンが苦笑してるところをみると、うまくあなたを怒らせたみたいね」

「わたしは平気よ――ちょっと驚いただけ。相手が紳士だったら、事前に一言警告してくれたでしょうけど」

シンは侮辱を受け流し、ブランディ・グラスを傾けた。グラヴィスと内輪のジョークを言いながら、料理の残りをつついている。

ジェーンは二人に声をかけた。

「明日の夜明けに出発しようと思うので、今夜はこれで失礼しますわ。とてもすてきな……意義深い夜をありがとうございました」

シンはいかにも下心のありそうな笑みを浮かべた。

「バンガローまでお送りしましょう、ジェーン」

マラケシュはこれを予期していたようで、横からその提案を退けた。

「何言ってるの！ わたしが送るわ。女同士でしかできない話があるのよ」

それを合図に全員が晩餐室をあとにし――マラケシュは新たな友情の証しとばかり、ジェーンの腕に腕を絡めた。

そのころ敷地内の別の一角で、巨大な洞窟オオカミに似た奇妙な動物が藪の中から姿をあらわした。暗くて全身はよく見えないが、星々の光が体表に反射していた。
太陽時計のアラームをリセットして戻ってきた作業員が侵入者に気づき、恐怖のあまり悲鳴も上げずに逃げだした。
洞窟オオカミは空気のにおいを嗅ぎ、その作業員は追いかけるに価しないと結論した……少なくとも今夜のところは。オオカミは作業小屋に近づき、合板のドアを強靭な右前肢で破壊して中に入った。

人間によく似た巨大なシルエットが小屋のそばの木の上から地面に飛び下りた。その陰が中の物音に耳を澄ますあいだ、オオカミは何を探しているのか、あたりを嗅ぎまわっていた。物音がとだえた――影にとっては潜入のチャンスだ。大きなうなり声に続いて、パイプや金属板が散乱する音が響いた。次いで重い金属が肉に食いこむ、気分の悪くなりそうな音。近くにいた警備員が気づかないはずはない。夜がいきなり静まり返った。騒動のひとつは思ったよりも早く片づいた。洞窟オオカミの巨大さは間違いなく有利だ。どちらも勝利の雄叫びを上げたりはしなかった。

ジェーンのその夜の宿泊所であるバンガローの中では、マラケシュが次々と化粧品を試し、ジェーンを化粧着に着替えさせて、称賛の声を上げていた。

「それが気に入ると思ったわ」鏡の前で一回転するジェーンを見て、マラケシュが言った。

「これ、いいわ！　こんな夜になるとは思っていなかったから。でも、ちょっと薄すぎない？」

「あなたが持ってきた男物のパジャマで寝るなんて、考えられないわ。ジャングルの中でも、わたしたち女は身なりに気を配るべきだわ」

マラケシュはジェーンが着ようとしていた男物の軍用パジャマを取り上げた。

「お土産よ」

「むしろ戦利品《ネスパ》、でしょ？」

マラケシュは香水瓶を手に取り、香りを嗅いだ。

「あら、これはいいわね。ハービンジャーのでしょう？　あなたの救急装備のひとつかしら」

「気に入ったなら、差し上げるわ」

「香水はけだものを誘惑するためのものよ。これを虫除けと交換するってことでどう？」

二人はわけ知り顔の笑みを交わした。そのあと真顔に戻り、「ジェーン、わたしの知ったことじゃないし、口をはさむ気もないけど、本当にあなた……一人で行くつもり？」

「実の父親のことよ。何があったのか確かめないと」

「たとえその結果……」

「たとえその結果、だめだったとわかったとしても。知っておく必要があるの」

「とにかく気をつけてね。ラジャは決して本心を見せないわ。そういうことにはとてつもなく用心深いの。あなたがここに来たことをおもしろく思ってないのは確かね」

「どうしてなの？　わたしが父を捜すことが、どうして仕事の邪魔になるの？」

マラケシュはジェーンの無邪気さにかぶりを振った。

「愛しい人《モン・シェリ》、あの人はずっと隠れたまま仕事を進めるのが好きなの。あなたのような有名人が訪ねてくると、詮索の目を集めることになる――これはラジャがいちばん嫌がることよ！　とにかく気をつけて」

「わかったわ。ところで、お願いがあるんだけど」ジェーンは髪切り鋏を手に取り、マラケシュに手渡した。「この髪のままジャングルに入る気はないんだけど……自分で切る勇気がないのよ。ばっさりやってくれないかしら」

「本気なの？　そんなみごとな髪なのに……がっついた男どもには銃より効果的な武器になるわ。本当なんだから！」

「また伸びてくるわ。ばっさりやって、ミレディ！」

ナレーター

この資源惑星の植物は二つの恒星の光を受け、太古から二酸化炭素を貪ってきた。もともとの樹木投資家たちが播種《はしゅ》したのは需要の大きいチークやマホガニーで、それらは戦前のマレーシアのゴム農園のように整然と並んでいた。植物の生育に適した環境の中で木々はセコイアのような巨木に育ち、数世紀後には豊かな森林となった。隙間を埋めるようにほかの植物も成長し、人類誕生以前の東南アジアに似た広大なジャングルが惑星全体に形成された。植物の繁殖と分解には豊かな生態系が必要だ。昆虫や鳥や動物——いずれも遺伝子改変され、二酸化炭素優位の大気が酸素の豊富な大気に変わっても対応できる——もそこに配置された。

この惑星の動物相の奇妙さが明らかになろうとしていた。人類が慣れ親しんだ動物に似てはいるが、まったく違ったところがあるものたちだ。異なった進化の産物のようにに見える——生物学よりももっと統合的な進化の産物に。結果的として、それらは

〝合成動物〟ともいうべき姿になった――水牛の角を持つ象、ワニの顎を持つキリンなどなど。そこを単純化するため、ここではいちばん似ている動物の名称で呼ぶことにする。その体毛にはやや金属的な光沢があり、四肢は少しだけ鋭角的だ。そうした動物たちは、高度に進歩したコンピューターによる合成映像のように見える。興味深いことに、人工的に作られた血統でありながら、その動物たちには感情と個性がある。だが、その判断は個々の読者に任せよう。続きをどうぞ。

4　悲運《ダイア・ウルフ》のオオカミ

ジャングルの中の空き地に動物たちが群れをなし、昼寝をしたり、身体を掻いたりしている。大きな池には緑のフラミンゴなどの水鳥が群れていた。

牝のシマウマが一頭、生まれて間もない子馬を連れて水辺に近づいていく。子馬は驚くほど敏捷で、丈高い草のあいだをやすやすと抜けていった。用心深い母馬は足を止めて風のにおいを嗅ぎ、地球3で保護されている馬そっくりに歯を剝き出した。

母馬はサヴァンナのほうから聞こえたかすかな音に身を固くした。子馬もそのまねをする。木々のあいだからゆっくりと四頭のオオカミが姿をあらわした。獲物を見つけて忍び寄り、襲いかかって殺そうとしている。

母親がようやくにおいを嗅ぎつけ、捕食獣を混乱させようと真正面から突進した。オオカミたちはすばやい動きで軽々と蹄をかわした。子馬がやられるのは時間の問題だ。母馬はいないないて助けを求めたが、その声が届く範囲には群れも牡馬もいなかった。

近くにいたのは樹上の巣で静かに眠っている、オレンジ色の大柄な動物たちだけだ。

　体格のいい雄が大鼾《おおいびき》をかき、連れ合いの雌が怒って、雄の鼻の穴に木の葉を突っこんだ。雄がくしゃみをして、寝返りを打つ。雌はふたたび眠りに就いた。

　子供が一匹、大人の身体の上によじ登り、リスに似た小動物を見つけた。飛びかかったものの、勢いあまって巣から落ちてしまう。

　その風下で大猿の一団がやはり早朝の眠りを貪っていた。第二の太陽が昇る前に起き出す理由はない。だが、その中に一体、明らかにほかと違う個体がいた。大の字になって寝ている姿は同じ霊長類だが、伸ばした腕と脚は毛に覆われていない。毛深い大猿たちの中に、一体だけ裸の猿が混じっているのだ。体毛が灰色になった年老いた雌が危険はないかとあたりを見まわし、裸の猿の身体からダニをつまんで口に入れた。

　と、雌は異変に気づき、見えない脅威に向かってうなり声を上げた。

　そのとき子猿が狂ったようにわめきながら頭上の枝を渡ってきた。群れ全体が起き上がる。裸の猿もだ。上体を起こした姿はまさしく人間のものだった――紺色の目をした強靭な若い男だ。子猿は男の腕の中に飛びこみ、休息場所の先にある池のほうを指さした。

　ジャングルマンは子猿を老母に押しつけ、立ち上がって伸びをした。百八十センチを超える長身で、豊かな黒髪をなびかせ、隆々とした筋肉は完璧にバランスが取れている。髪はうしろで縛ってポニーテイルにしていた。別れを告げるように大猿の家族を見わたし、近くに下がっていた蔦に飛びつく。その姿はたちまち見えなくなった。

シマウマの母子は池を縁取る岩のあいだに追いこまれていた。オオカミたちは決定的な一撃を加えようとしたが、そのとき鋭い感覚で何かを感じ、空気のにおいを嗅いだ。シマウマも物音を聞きつけ、ぴんと立てた耳を木々との境界のほうに向けた。何かが近づいてくる。枝が鳴り、木々がざわめいている。どんどん速くなっているようだ。そしてついに、ねじくれた長い蔦につかまって——男がジャングルから飛び出してきた!

いちばん大きな岩を飛び越えてシマウマのそばに着地すると、オオカミに向きなおる。母馬がいななないて警告し、前肢で地面を掻いた。子馬もそのまねをする。

オオカミたちは耳を動かして風のにおいを嗅ぎ、ほかにも狩りの邪魔をする者がいるかどうかを調べた。裸の猿とシマウマの援軍がほかにいないことを確認し、用心深く動きはじめる。

若い雄オオカミが突進した。ジャングルマンは跳躍したオオカミの喉をつかみ、首をへし折って、死骸を池のまん中に投げこんだ。次の瞬間、周囲の水が沸き立ち、ふたたび静かになった。死骸はもうどこにもなかった。

二頭の雌が臆するふうもなく同時に襲いかかった。片方が裸の猿の腕に嚙みつく。男はすばやく手を伸ばし、そのオオカミの口吻《こうふん》をつかむと、すさまじい力で口をこじ開けた。オオカミの牙があらわになる。

下顎をむしり取ろうとしている男にもう一頭が襲いかかった。裸の猿はつかんでいたオオカミを突っこんでくるもう一頭に投げつけた。その勢いはものすごく、オオカミの突進がぴたりと止まった。二頭はもつれ合って下草の上に転がったが、すぐに跳ね起きた。激怒して、一体となって同時に猛攻をかける。

ジャングルマンは跳躍した二頭の首筋を同時に空中でつかみ、自分の頭よりも高く持ち上げた。そこで一瞬動きを止め、次に起きることを認識させてから、二頭の頭をココナッツのように激突させる。脳漿が飛び散るような不気味な音が響いて、オオカミたちは動かなくなった。（これで三頭。残るは一頭だ……）

最後に残った一頭は大柄で、間違いなくアルファ雄《オス》だった。裸の猿の注意が不運な仲間たちに向いているうちにひそかに背後にまわりこみ、うしろを取った瞬間、相手の首筋に牙を突き立てようとする。両者は泥まみれで下草の上を転がった。どちらも相手を確実に押さえこむことができないようだ。やがてとうとう男がオオカミを頭上に持ち上げた。そのまま裏返しにして、強力な腕で首を極める。筋肉がふくれ上がり、オオカミの背骨が音を立てて折れた。

男は死んだ捕食獣を足もとに投げ出し、もつれる足で池のそばの苔むした地面に倒れこんだ。消耗しきって荒い息をつき、勝利の雄叫びを上げることもできない。

ようやく回復すると、男はシマウマに向かって優しく喉を鳴らした。母馬が子馬を従えて近づいてくる。子馬は頭を下げ、この奇妙な、猿に似た動物に耳のあいだを撫でさせた。お返しに鼻を男の胸にこすりつける。それがくすぐったかったのか、男は勢いよく立ち上がり、大きな笑い声を上げた。それは自然な笑いで、きわめて人間的だった。

時刻は日周時間でかなり遅く、ジェーンが寝過ごしたのは明らかだった。彼女は今もまだバンガローの部屋にいて、軟弱になった自分に怒り狂っていた。最後にもう一度だけ化粧室に入り、自分を叱咤する。

「さあ、行くわよ。しっかりしなさい。もう大学にいるんじゃないんだから!」

洗面台の鏡を見て、まず左、次に右と小首をかしげてみる。マラケシュが切ってくれた髪はとてもよかった――短いのに、女性的に見える。陽焼け止めをたっぷり塗り広げ、ブーツとソックス、さらに手首のまわりにも虫除けスプレーを噴射する。最後に抗寄生虫薬を薬箱から取り出し、ポケットに入れた。

「用心するに越したことはないでしょ!」

あちこちを刺されるたびに、何度となく思い出した文句だ。

斜めになったサファリ・ハットの位置をなおし、もう一度鏡を見る。

「これでいいわ。さあ、いよいよ出陣よ」

二つの太陽が中天から敷地を見下ろし、重機は新たな伐採場に向かってすでに動きだしていた。山のような荷物を担いだポーターが列を作って、バンガローの外で待っている。一人がバランスを取ろうとして、包みをひとつ落とした。監督者がすぐさま鞭を振るう。ほかの者たちはあわてて荷物を担ぐ手に力をこめた。

玄関から外に出たジェーンはまたしても、殺伐とした光景を照らし出す陽光に圧倒された。慣れなくちゃだめよ、と自分に言い聞かせる。

彼女がポーターの列に近づくと、グラヴィスがわずかに残っていた木陰から姿を見せた。監督者の制服を着て鞭と警棒と武器を持ち、いかにも恐ろしげに見える。上着の襟の下へと見えなくなるぎざぎざの傷痕がその印象を完璧なものにしていた。それでも文明的に見えるよう、精いっぱい努力した結果だったようだが。

「おはようございます、メムサヒブ。晩餐のときにお目にかかりましたグラヴィスです。ラジャから捜索隊の案内と荷物運びを命じられました。夜明けから待機していましたが、いつでも出発できます」

顎から滴る汗のように、このばか女が夜明け前に出発するなんて大口を叩くから、という皮肉な思いが滴っていた。

「わたしはいつでも構いません。出発しましょう。ああ、それから、今度あなたの部下が鞭を使ったら、その鞭をそいつのケツに突っこんでやるわ！」

鞭を振るった監督者は目を丸くして、グラヴィスに無言で助けを求めた。助けはなかった。

隊列が動きだし、ジェーンは先頭に立つグラヴィスのあとに続いた。敷地のはずれに近づくと、通常は苦力を現場に運ぶのに使われる輸送バスが待っていた。

「渓谷の手前までこれに乗っていきます。その先は歩くしかありません」グラヴィスが言った。「ジャングルに入るにはこれがいちばん早いんですよ、メムサヒブ」

ジャングルに着くまでは何事もなく、新たに切り開かれた路上でヘビトカゲが朝日を浴びて日向ぼっこをしていた程度だった。運転手が車を停め、男たちの一人が飛び下りて、すばやくそれを屠《ほふ》った。たぶん夕食にでもするのだろう。川を渡るとき何度かトイレ休憩をはさみ、数時間走り続けると、とうとう道路が途切れた。渓谷の切りたった崖が深く落ちこみ、いまだ手つかずのジャングルが広がっている。

グラヴィスが言わずもがなの説明を加えた。

「斜面が急すぎて大型伐採機が入れないんです。平地を先に伐採し、そのあとこっちに取りかかる予定です」

ジェーンは戦略的に植物相の一部を残して将来の森林の再生をはかるという知恵を授けようかとも思ったが、どうせ無駄だとわかっていたので何も言わなかった。

ポーターたちの準備が整い、一行は濃密なジャングルに足を踏み入れた。荒廃した伐採地を離れると、あたりにいきなりエキゾチックな生命の気配があふれた。目に見えるものもあれば、音が聞こえるだけのものもいる。

樹冠が直射日光をさえぎっていたが、ジェーンはもう汗ばんでいた。ずっと宇宙船の乾燥した清潔な空気を吸っていた彼女は、ジャングルの湿度に衝撃を感じた。

まあ、少なくとも陽焼けはせずにすみそうね……二、三日あれば順応できそう……。

ジェーンは首筋を流れる汗を拭いながらそう思った。

念のため、アイスパックを取り出して腿に軽く打ちつける。衝撃で化学反応が起き、パックが冷たくなって——丸一日くらいはもつのだ。それを上着の襟のポケットに入れる。

「あああ……」苦力たちが小さく笑う。そこには羨望も感じられた。

ジェーンはその日二度めの失敗をした自分を叱責した。

ええ、わかってる。限られた備品だわ。アイスパックは緊急医療用に取っておかなくちゃ！

隊列は生い茂った植物のあいだをのろのろと進んでいった。前進は困難で、ポーターの一人がジェーンに手を貸し、道を切り開いてくれた。慣れない彼女は山刀を持ってきていなかった。道を切り開くのに必要だったのに。手を貸してくれたポーターは名前をチェスターといった。荷物を落としたとき監視者に鞭打たれた場所に汚い包帯を巻いている。チェスターを遠ざけようと鞭に手を伸ばした監視者に、ジェーンは鋼鉄のような視線を向けた。監視者はその意味を察したようだった。

動物が樹上から足もとに落ちてきて、ジェーンを驚かせた。小さなかわいい毛玉のような動物で、キツネに似た耳とウサギに似た喉袋がある。ジェーンが驚いているうちに、動物は怒ったような声を立てて走り去った。チェスターが小さく笑い、ジェーンは肩をすくめた。

少なくとも話し相手はいるわけね。

ジェーンは列の先頭を指さした。

「チェスター、どうしていちばん大きな荷物をいちばん小柄なポーターが運んでいるの？」

「ああ、あれでいいんですよ、お嬢さん。大きいけどいちばん軽いんです。トイレットペーパーですから！」

「あの人だけは見失わないようにしなくちゃ！」

二人は小さな声で笑った。ジェーンが彼の荷物の位置をなおしてやり、どちらも急ぎ足になって隊列を追いかけた。

前方に急流があらわれた。砂利や岩の上で水が白く泡立ち、ほとりには誰かの墓らしい粗末な塔婆が見える。最近の雨で川は水かさを増していて、水面下六十センチほどに岩が見えた。グラヴィスが警棒で水深を確かめた。

「深くない。渡れそうだ」

ジェーンは冷たい水に飛びこみたくてうずうずしていた。一人また一人とポーターたちが川を渡りはじめる。疲れた足を冷たい水に浸せるというのに、誰もが気乗りしない様子だ。チェスターはジェーンの腕をつかみ、列の最後尾に引っ張っていった。

その瞬間、三人めのポーターがもがきはじめた。姿の見えない水中生物が彼の足をつかみ、下流の深みに引きずりこもうとしている。ポーターは懸命に水面に顔を出そうとしたが、どうにもならない。渦巻く流れが血で赤く染まった。

グラヴィスはポーターが引きずりこまれたあとにできた渦に向かって、何発か銃弾を撃ちこんだ。

「今のうちに渡るんだ」

しばらくすると不運なポーターの荷物が浮かび上がってきた。それは回収され、いちばん大柄な男の荷物の上に積み上げられた。ジェーンはカンヴァス布についた血痕を見ないようにした。

グラヴィスがジェーンに近づいた。

「これで問題ありません。ワニには縄張りがあって、この渡し場に巣くってるのは一匹だけです」

ジェーンはかっとなった。「知っていたの?」

グラヴィスは肩をすくめただけで、隊列はふたたびジャングルの中を進みはじめた。

休憩のとき、ジェーンはワニを警戒して、水辺からじゅうぶん離れた岩に腰をおろした。

「人命より効率というわけね」と小さくつぶやき、ブーツと靴下を脱いで足を調べる。

チェスターがとまどった顔でそれを見ていた。

「何をしているんです、お嬢さん?」

「虫がもぐりこんでいないか調べてるのよ。前にジャングルの川を渡ったときは、靴下がヒルのホテルになってたわ!」

「故郷《くに》ではヒルはおやつにしますよ」

「見つけたらあなたにあげるわ。約束する」

休憩中は何事もなく、一行は前進を再開した。ぺちゃくちゃとうるさい猿の群れが、縄張りに侵入した人間たちに樹上から木の実を投げつけた。猿は木から木に網状に蔦を張り、楽々と飛び移れるようにしていた。危険というよりもむしろ楽しく、ポーターたちは爆撃の下を駆け抜けながら、食べられそうな木の実を拾い集めた。一行はまもなく猿の縄張りを通過した。

ジェーンがまたしても独り言をつぶやく。

「生きるか死ぬかの危険に直面したあと、頭上の猿と木の実合戦をする。どういう状況なのかしらね！」

そんなつぶやきを中断させたのは、チェスターの山刀だった。こっそり忍び寄ってきて、いきなり刃物を振るったのだ。山刀の切っ先が驚くほど近くをかすめた。この人、何をにやにやしているの？　やっと少し落ち着くと、彼女はそう思った。

チェスターは蔦に手を伸ばし、ドリアンに似た、甘い香りのする果実を受けとめた。旧地球の類縁種の死臭のようなにおいはしない。

チェスターはジェーンにその果実を勧めた。ジェーンがためらっていると、まず自分で一口かじる。それでも彼女は慎重だった。

「騙す気じゃないでしょうね……学生時代にそれによく似たものを食べて、一晩じゅう下痢をしたのよ！」

それでもチェスターは食べてみろと言い、腹を押さえてうずくまる様子もなかったので、とうとうジェーンは果実を手に取った。一口かじってみると、驚いたことに、甘くすばらしい味が口の中に広がった。

左側にある竹を組んだ台の上からそれを見ていたグラヴィスが、顔をしかめて言った。

「われわれも昼食にしたほうがよさそうだな」

休憩が指示されると、小さなコンロですぐに湯が沸かされた。フリーズドライの携行食が開封され、チェスターがボウルを持ってくる。ジェーンはぬるい湯の中で四角いかたまりが溶けるのを見つめ……味見をしてみた。

思わず吐きそうになり、かぶりを振る。

「こういうのって変わらないのね――これ以上悪くなりようがないから」よくわかっていないらしいチェスターに説明する。「古代遺跡で発掘した保存食を食べてみたことがあるのよ。これと似たような味だったわ」そのときのことを思い出し、身震いする……彼女にそんなまねをさせた当時のボーイフレンドを思い出したせいもあったが。

「あれは今ごろどうなったかしら……それにあいつも……」

強行軍は延々と続き、数時間後には全員が疲れきって足を止め、夜に備えることになった。棘のある下草を大急ぎで切り開き、野営地が設営された。

「こうしておけば大型肉食獣が近づけませんから」

グラヴィスはそう言って仕事を割り振り、夜のあいだに招かれざる客がやってこないよう、部下の監視者たちを歩哨に立たせた。

「念のためです」

チェスターはいちばん人目につかない場所にジェーンの寝場所を準備していた。エア・マットレスと、換気用の小型ファンまである。ジェーンはまたしても自分の軟弱さに気が咎めた。

調理用の火が燃え上がり、野営の準備が整った。グラヴィスはジェーンが自分たち監視者といっしょに食事をすべきだと主張した。

「黄色いのは一ヵ所に押しこめておかないと。白人は数が少ないんです。連中に譲歩したら……寝首を掻かれます」グラヴィスは炎の中に痰を吐いた。

ジェーンは疲れていたので反論せず、無言で夕食を終えた。まずい食糧を大急ぎで胃に収め、おやすみを言って寝場所に引き取る。男たちの視線が自分の尻に釘付けになっているのはわかっていた。（もう慣れているのだ）

チェスターが待っていた。

「心配いりませんよ、お嬢さん。外で見張ってますから、ゆっくり眠ってください。夜明けには涼しくなって、また出発できます。お父さんはきっとすぐに見つかりますよ」

先を急ぎたいのは山々だったが、眠りの誘惑も耐えがたい。夜はわずか四時間しかなく、昼の暑熱を考えるなら、昼寝《シエスタ》は不可欠だ。明日はシエスタを要求すること、と頭の隅に書きこんで、ジェーンは寝床にもぐりこんだ。サファリ・ハットを脱ぎ、招かざる客をチェックする。ダニが一匹見つかった。もっといるに違いない。虫除けをさらに吹きつけ、ファンの涼しい風を受けながらジェーンは眠りに就いた。蚊帳《かや》が闇の中で揺らぎ、夜の物音が伝わってきたが、彼女はもうぐっすり眠りこんでいた。

健康的な眠りだったが、この数カ月の不安はまだ尾を引いていた。(原註　深宇宙航行につきものの現象に〝REMラッシュ〟と呼ばれるものがある。いちばん近いのはステロイド剤による白日夢だろう。長期間の宇宙睡眠中に脳が萎縮しないよう、冬眠チャンバーに供給する酸素には無意識を刺激する薬剤が添加される。過去の情景や未知の映像があらわれて、無意識を機能させつづけるのだ)

両手を握りしめ、涙を流しながら走りに走る。ドアは遠すぎる。誰も聞いていないの？　手が迫ってくる。ナイフ。振りおろされる。彼のにおい。神様、あのにおいが！　闇。助けて！

ジェーンは悲鳴を上げ、チェスターが濡れタオルを手にして飛びこんできた。

「だいじょうぶです、お嬢さん。ただの夢です。みんなここにいます」

ジェーンはすっかり目が覚めていた。REMラッシュは前にも経験したことがあるが、これほどひどくはなかった。キニーネを服用しようかとも思ったが、悪夢の原因は蚊が媒介したのではなく、心理的なものだとわかっていた。

「だいじょうぶよ、チェスター。星間航行の影響が残っているだけだから」

抑圧された恐怖を抱えていると、それが夢に混入するとドクターが言っていたわ。大当たりよ、ドク。

ようやく曙光《しょこう》が兆《きざ》しはじめた中に出ていくと、グラヴィスがもうポーターたちを叱咤して野営地をたたみはじめていた。

「また寝坊ですか」とグラヴィスがからかうように言った。「朝食は歩きながらお願いしますよ」

ジェーンは急いで藪に飛びこんで用を足した。チェスターが彼女の荷物をまとめ、濡れタオルを手に待っていた。

「あなたがいなかったらどうなっていたかしらね、チェスター？　あなたの奥さんは幸せだわ」

「妻は二人います、お嬢さん。今回ボーナスが出れば、もう一人持てます」

ジェーンはあきれて言葉も出なかった。


一行はふたたびジャングルの中を、蔦やシダやイラクサをかき分けて進んでいった。

（ハイカーをとことん苛立たせる跳ねるサボテン、ジャンピング・カクタスや、その同類のようなものに違いない）ジェーンが通り過ぎるのを待って跳ね飛んでロング・ソックスにくっつき、そのたびに彼女は足を止め、このヒッチハイカーを取らなくてはならなかった。

そんなことが何度か続いてまたグラヴィスに追いついたとき、ジェーンは尋ねた。

「この強行軍はなんなの？　父の居場所を知っているなら、教えてください。知らないのなら、散開して痕跡を探したほうがいいんじゃありません？　わたしを落伍させるために先を急いでいるように思えるんですけど」

「作業員はできるだけ早く現場に戻さなくちゃならないんです。貴重な労働力の無駄遣いなんですよ。少しでも早く、あなたをジャングルの反対側に送り届けたいんです。父上がわれわれの現場のこんな近くに拠点を構えていたら、今まで誰も気づかないはずがありませんから」

ジェーンは反論できず、足を進めつづけた。十五歩も行かないうちにまた脚にちくりと痛みを感じ、チェスターに言う。「これは本当に動物じゃないの？　どうしてわたしばかり？」

「きれいな脚だからですよ、お嬢さん」

やがてとうとう、そのままでは通れない場所に行き当たった。棘のある灌木の藪とアカシアが行く手に立ちふさがり、監視者たちはポーターに、山刀で道を切り開かせた。チェスターは割り当て以上の仕事をこなしていたが、ジェーンには彼が持てる力の半分も出せば——チェスターと自分だけなら——通れるくらいの道が切り開けるだろうと思えた。

道が開通すると、ジェーンは棘に引っかからないよう両腕をぴったりと身体につけて駆け抜けた。頭を低くして、チェスターのあとから前方の空き地を目指す。無意識がまた介入してきて、悪夢が甦りそうになった。吐き気がこみ上げてくると同時に、陽光が射しこむのが見えた。

ジェーンは自分を叱咤した。光の下に出なくてはだめ。出てしまえばわかるわ。

空き地に飛び出すと、暖かな陽光が彼女を包んだ。「やったわ!」

「だいじょうぶですか、お嬢さん?」チェスターがジェーンを気づかった。

「もう平気よ」

大きく伸びをしたとき、真昼の太陽をまともに見てはいけないことを遅まきながら思い出した。まぶしさに瞳孔が悲鳴を上げる。

ようやくまたものが見えるようになると、ジェーンは信じられない思いでぽかんと口を開けたまま動きを止めた。目の前には不毛の地が広がっていた。樹木がことごとく伐採されている。破壊の爪痕は内臓がよじれそうなほどだった。宇宙から見たものを、今こうして地上でも見ているのだ。だが、高台の上から見るその光景は圧倒的だった。ジェーンはぞっとして、あふれてくる涙を抑えた。

「どうして――いえ、どうやってこんなことを？」

グラヴィスが微笑して答えた。

「メムサヒブ、われわれはそのために来ているんですよ」腕を動かしてあたり一帯を示す。「木材を採りにね。もうわれわれのものです」

「あなたたちがここに来た理由くらい知っているわ。でも、どうして木をすべて伐採するの？　これじゃ自然が再生しないわ」

グラヴィスは肩をすくめた。

「気にする必要がありますか？　二度と訪れることもないし、やりかたを問題にする者もいない。われわれの仕事は木材を――すべて――伐り出して、遅滞なく評議会に送り出すことです。時は金なりなんですよ。巨額のボーナスがかかっているんですから」

「川を渡ったときの犠牲者はボーナスなんて受け取れないわ」

「苦力のことは誰も気にしません。どうせ徴募労働者です。唯一の問題は、ワニや熱病で人数が減りすぎることです。補充が来ないとスケジュールが遅れ、そうなったらわたしもワニの餌ですから」

隊列が動きだした――次のジャングルに向かって、数キロにわたる不毛の地を進んでいく。無秩序な伐採の様子を見て、ジェーンは気分が悪くなった。切り株や破片が腐りはじめている。それは打ち捨てられた豊饒の夢だった。

5 強奪の街路《シェイクダウン・ストリート》

さらに一日が過ぎた。その風のない朝、急傾斜でまだ伐採されていない森の中で……ジャングルマンが高い枝の上から人間の隊列を見下ろしていた。隊列は森の支配者たちが高台から水場に向かうためにつけた踏み分け道を進んでいる。男のそばには子猿がいて、かしましく声を上げ、人間たちを指さした。男は大きな手で子猿の口を押さえ、静かにさせた。顔をしかめ、強い調子で〈危険——静かに〉と合図する。子猿は鼻をひくつかせ、眼下の世界に危険の兆候を探した。

同じころ、駐屯地の露天温泉区画でシンがマラケシュのマッサージを受けているところに、ドクター・グリーリーが入ってきた。医師であるグリーリーは、そういうプライベートな場所でも遠慮がない。(はじめてではないのだ)

「グラヴィスから報告はありましたか?」

「残念ながら……すでに川を渡ったそうだ。もっとトラブルが起きると思ったのだが。これでは楽すぎる」

「このまま進んでいけば、いずれは父親の……」ドクターは途中で口を閉じた。マラケシュを秘密に関与させるわけにはいかない。だが彼女は何も反応せず……つまりすでに……。シンがぶっきらぼうに言った。「そんなことにはならん。グラヴィスがあの女をぐるぐる連れまわせば、最後にはあきらめるか……あるいは不幸な事故が……」

マラケシュに首のつぼを強く圧迫され、シンは痛みにうめいた。

「くそ、なんのつもりだ？　男ばかりの桃源郷で唯一の女という立場を楽しんでいたいんじゃないのか？」

「あの人が父親を見つけるのがそんなに嫌なの？　何が起きたか知る権利はあると思うんだけど」

「あの老いぼれのせいで伐採許可が取り消されかねなかったんだぞ！　この惑星の地表から完全に消えてくれるのがいちばんなんだ。ベルトのバックルさえ見つからないとグラヴィスが保証している」シンは高らかに宣告した。「ハワード教授は消えて忘れ去られるべきなのだ」

「見下げはてた人ね！」

マラケシュは腰衣《サロン》をつかんで立ち去った。

ドクター・グリーリーは目でそのうしろ姿を見送った。

「むしろわれわれに消えてもらいたいと思っているようですな」

シンは冷たく答えた。「そんな贅沢は許されない」


そのころ隊列は次の見晴らし地点に到着していた。眼下に見えるのは切り株や木っ端ばかりで、放置された調理用の焚き火の穴から煙が上がっている。伐採隊が仕事を終えて立ち去ったばかりなのだろう。ジェーンはとうとう父親の痕跡を見つけたと思ったが、双眼鏡で眺めるとそうではないことがわかった。不安そうに遠くに目を向けると、霧に覆われた山並みが続いていた。

「本当に知りたいんですか?」とチェスター。「ときには……」

「いつだってよ! 父を見つけないかぎり、心は安まらないわ」

彼女は道に視線を向け、誰かが通った痕跡を探した。


やがて隊列は下方のジャングルに続く孤立した小峡谷に入った。ジェーンは父の存在を示す煙が見えないかと、木々の梢のあいだに目を凝らした。調査旅行に同行した経験から、父親がほとんどあらゆる現地の植物で軽食が作れることを覚えていたのだ。

ジャングルマンと毛深い同行者は人間たちに接近した――ごく用心深く。ジャングルを測量する一隊なら前にも見ていたが、今回は様子が違うようだ。頭に妙なものを載せた、背の高いのが一体いる。その一体は歩きかたがやや異なっていた。しかもときおり鼻が謎めいた、不思議に魅力的な香りをとらえた。木を盗む者たちに先立っていつも感じる悪臭とは違っている。やつらは水浴びをしたり、せめてバッファローのように砂の中で転げまわったりしないのか？ 夜のあいだに侵略者の宿泊地を訪れ、雌としか思えないものの姿を見たこともあったが、今日のはそれよりも髪が短い。その髪はトウモロコシの穂のような、南の島にいる金毛猿のような色だった。ほかの者たちの髪は黒くて長い。いろいろな変種があるのか？ 大猿の群れの雌はどれもよく似ていて、皺や目のあたりが違う程度だ。なんて奇妙な……もっとよく見てみなくては。

暑さはピークに達しようとしており、ジェーンの忍耐の限界が近づいていた。隊列は目的地もはっきりしないまま進んでいるようで、その点を問い詰めても、グラヴィスは彼女を無視した。

ポーターたちも暑熱にやられ、一人がよろめいた。監視者がすぐさま近づき、鞭を振るって罰を与える。さらに鞭の握りでポーターを殴ろうとする男の前に、ジェーンが立ちふさがった。

「もうじゅうぶんでしょう？ あなたたちは行く先々に強欲と憎しみをもたらすだけだわ。

良心というものがないの？」

グラヴィスがあいだに割って入り、皮肉っぽい笑みを浮かべた。

「ありましたとも、メムサヒブ——昔はね。でも今はもう——」

地面が震動しはじめた。轟音が大きくなる。何かが道を近づいてきていた。

ジャングルマンもそれに気づき、高台のはずれを指さして子猿の注意をうながした。男は侵入者たちが蹂躙されようとしていることに気づき、〈危険！〉と合図した。子猿は悲鳴を上げて男の手を引っ張った。

二十頭のオオナマケモノが全速力で踏み分け道を下ってきていた。前方で道をふさいでいる人間たちには気づきもしない。樹上で生活するには身体が大きく進化しすぎて、すでに地上生活に適応したこの生物は、喉が渇いて水場に向かうところだった。

ジェーンとポーターたちが駆け下りてくる先史時代の巨獣に気づいた。だが、手遅れだ。ポーターたちはパニックに陥り、頁岩《けつがん》の斜面を登って身を隠す場所を探している。ジェーンとチェスターとグラヴィスは、それではだめだと見て取った。ぎざぎざの頁岩を登ろうとしても、すぐに滑り落ちてしまうのだ。これまでつねに生き延びてきたグラヴィスは、下り斜面に向かって身を投げた。ジェーンとチェスターもあとに続く。三人はぬかるんだ斜面を、速度を上げながら滑り降りていった。どこかで止まらないと、下には岩だらけの崖が待ち受けている。

幸運にも、三人はあちこちに跳ね返りながら松の巨木のほうに滑り落ちていた。かなり以前に雷が落ちたようで、それでもまだ、最後に残った根で斜面にしがみついている。一時的に安全を確保して、彼らは息を整え、足がかりを探し、擦り傷を撫でた。上からは、逃げられなかった者たちの悲鳴が聞こえてきた。

ジャングルマンはすぐ近くまで来ていたが、人間たちを助ける気があったとしても、その方法がなかった——もちろん助ける気などないが。大自然の中に生きる者の無関心さで、斜面を登ろうとした者たちがオオナマケモノの群れの前に転げ落ちていくのを見ている……巨獣が止まる気配はない。

一人が踏みつぶされた。巨獣の群れが立てる足音がなかったら、ジャングルマンでさえ嫌な気分になる音が聞こえたことだろう。

オオナマケモノの前肢の巨大な爪が別の人間を引き裂く。

土埃の舞い上がる踏み分け道は大混乱で、落下して踏みつぶされる者たちの悲鳴が反響した。その下では三人が頭を抱え、なだれ落ちてくる岩や不運な犠牲者をよけつづけていた。

いきなりあたりが静かになった。ジェーンとチェスターとグラヴィスは身を隠していた場所から這い出して、慎重に踏み分け道に戻りはじめた。登る速度は遅かったが、ジェーンとグラヴィスはナイフを持っていて、それを土の斜面に突き立てながら進んだ。チェスターは慣れたもので、軽々と登っていく。ようやく踏み分け道に戻ると、三人は泥だらけになった服からできるだけ土を払い落とした。道の左右を見わたす。オオナマケモノの姿はもうなく、生き延びたポーターたちは四散していた。

チェスターが口ごもりながら言った。「な、何が起きたんです？　みんなはどこに？」

「旧地球では大昔に絶滅した、オオナマケモノみたいだったわ。父が巨大な爪を文鎮代わりに使っていた……」

興奮がおさまると、グラヴィスはヒステリーを起こした。

「父だと！　あのくそ野郎さえいなかったら、おれは今ごろ駐屯地でのんびりしてたはずなんだ——なのにこんな荒野のまん中で——」

ジェーンは言わせてなどおかず、その顔を強く平手で叩いた。グラヴィスは何が起きたのかわからなかったようだ。ジェーンはそれに乗じてたたみかけた。

「残っている備品を集めるのよ。チェスター、医薬品と水を探して。食糧はそこらで調達できそうね。ジャングルには食べ物がいろいろあるから。ただ、汎用ワクチンは必須になるわ」

「わかりました、メムサヒブ」チェスターが行こうとしたとき……。

グラヴィスはショック療法にもひるんでいなかった。

「待て！　帰途に必要な量の水だけでいい。駐屯地に引き返す！」

ジェーンはこれを予想していた。

「だめよ！　父の手がかりが見つかるまでエスコートしろってシンに命じられたはずでしょう。まだ探しつづけるわ！」

「ラジャに命じられたのは……あんたの父親を見つけろってことじゃない」グラヴィスは銃を抜いた。「あんたは戻らないんだよ、売女！」

銃が発射された瞬間、チェスターがグラヴィスの腕をつかみ、初弾は頭上の岩に当たった。誰もがさっきの岩なだれを思い出し、その再現になるのではないかと顔を上げた。だが、岩は一発の銃弾で崩れ落ちるほど小さくはなかった。

安全を確認したグラヴィスはチェスターに注意を向けた。チェスターは今の勇気がどこに行ってしまったのだろうと思った。悲鳴を上げながら、踏み分け道をジグザグに駆け下りはじめる。グラヴィスはすばやく二連射し、初弾ははずしたものの、第二弾が標的をとらえた。チェスターは石のように転がり落ちていった。

ジェーンはその隙に坂道を上に逃げだした。道幅は広がっていて、身を隠す深い藪もある。どんな危険が待ち受けているかも考えず、彼女は下生えを突っ切り、すぐ先に見えるアカシアの森に向かった。灌木の棘が肌を引っかいたが、パニックのあまり気にもならない。服が裂け、サファリ帽をもぎ取られたことにも気がつかなかった。考えられることはひとつだけだ。距離を取って地面に伏せて、見失ってくれるのを祈るだけだわ！　その思いだけが頭の中をぐるぐるまわっている。

グラヴィスは憎しみに突き動かされ、ジェーンが藪を突っ切る音を頼りにあとを追った。音がするたびに銃を発射する。証拠を持ち帰らなければ、シンは絶対に信じないだろう。逃がすわけにはいかなかった。銃の弾倉を入れ替え、スライドを戻す。

子猿がいきなり藪の中から飛び出してきて、目の前を横切った。グラヴィスはさっと向きを変え、一発発砲して、間違いに気づいた。物音が聞こえなくなり、ジェーンを見失ったかと焦りを感じて、目と耳に神経を集中する。右手で枝の折れる音が響き、彼は音のしたほうに向けて弾倉の全弾を撃ちこんだ。

ジェーンは隠れる場所を見つけていた——落ち葉が積もった吹きだまりだ。そこにじっと身をひそめ、まだまだ近すぎる銃声に耳を澄ます。火薬のにおいとグラヴィスの体臭が感じられるくらい近いのだ。しかも隠れた場所が、かならずしもよくなかったこともわかってきた。肌の露出した部分を小さな生き物が這いまわっているのを感じ……その姿が見えた。かさかさと走りまわるクモの巣に飛びこんでしまったようだ。毒グモかしら？　それはわからない。とにかくジェーンは悲鳴を抑えこんだ。こんな状態でなかったらちょっとくすぐったいだけだったろうが、今は服の中にまでもぐりこんでこようとしている。彼女はとうとうパニックを起こし、吹きだまりから起き上がってクモをはたき落とした。そこでわれに返り、ゆっくりと振り返る。クモなどもうどうでもよくなっていた。グラヴィスが立っている。にやにや笑いながら、三メートルと離れていないところに。しかも単独ではなかった！　監視者の一人が生き延びて、装塡された銃をまっすぐに彼女の胸に向けている。

「地獄で親父さんに会ったら、よろしく言ってくれ！」

そのあと部下に向かって、「死体はクモどもにくれてやれ」

監視者はゆっくりと引金に力をかけた。楽しんでいるのだ。前にも人を撃ったことはあったが、今回は女……。

と、男の側頭部に大きな石が激突した。銃が地面に落ち、男は傷口を押さえて血を止めようとした。

グラヴィスが蕃刀《ボロ》を抜いて振り返った。目の前にジャングルの怪人が立っていた。これまでは噂でしか聞いたことのなかった存在だ。噂だろうとなんだろうと、目の前の男は武器を持っていなかった。グラヴィスはナイフを使った戦闘のプロだ。二人は円を描いて移動した。グラヴィスが突っかける。

刃は空を切り……グラヴィスは腕を万力にはさまれたかと思った。ジャングルマンの強靭な両腕に肘を極められている。嫌な音が響き、腕はあり得ないほど簡単にへし折られていた。

苦痛の声を上げながら、グラヴィスはもう一方の手を隠し武器に伸ばした。だが相手は容赦ない蹴りを放ち、それがグラヴィスの顔面にヒットして下顎を砕いた。

ジャングルマンはもう一人の監視者に向きなおった。頭に石を受けた男は戦意を喪失していた。地面にひざまずき、血に染まった顔で慈悲を懇願している。血に引き寄せられたジャングルのハエがすでにたかりはじめていた。ジャングルマンは髪をつかんで監視者を立ち上がらせ、そのまま頭上まで軽々と持ち上げると、膝を跳ね上げて背中に叩きつけた。自業自得とはいえ、脊椎の折れる音は気分のいいものではなかった。

その身体をもう一度持ちあげ、無造作にクモの巣に投げこむ。意識のない男は何も感じなかっただろう。

ジェーンは衝撃と畏怖を覚えながら、それを間近で見つめていた。血に味をしめたクモたちがピラニアのように狂乱するのから目が離せない――だが、やがてようやく頭が働きだし、自分の苦境に思い至る。一難去ってまた一難だ。はるかジャングルのはずれで、目の前に立つ蛮人のなすがまま――上半身裸の若者は漆黒の髪をして、青い目を好奇心に輝かせている。微笑しているのかしら？　ジェーンは野生の男をぽかんと見つめていた――奇妙なほど手入れの行き届いた髪を、整った顔の後方でポニーテイルにしている。陽焼けした肌は輝くようなブロンズ色で、古い映像で見た秘境冒険ものの、活力あふれる異邦人を思わせた――古傷の痕を陽焼けが覆い隠している。

恐怖はときに見当はずれの思いを呼び起こすことがあり、ジェーンはこんなことを考えずにはいられなかった――この人はきっとデスク・ワークなんかしたことがないわね。あの筋肉を見て！

幸い、すぐに生存本能が主導権を取り戻し、彼女は攻勢に出た。

「あなたは誰？　どこから来たの？」

（それはすぐにわかることになる）

蛮人が近づいてきて、ジェーンは身を守ろうとした。カンフーか柔術を試してみるべきだろうか？　蛮人は見慣れない金色の髪の生物が、さまざまな構えを取るのをおもしろそうに見つめ、右に左に小首をかしげた。

わたしをからかってるの？

たぶんそうだ……と、男が左手を伸ばした。ジェーンはその手をはねのけようとしたが――次の瞬間――右手が彼女の肩から何かをつまみ上げていた。手を開くと、そこにはさっきのクモが一匹とらえられていた。

ジェーンはぎょっとして、狼狽の兆しを感じた。このジャングルの蛮人は、彼女と違ってクモ嫌いではないらしい。それどころか、クモを口に放りこみ、嚙み砕いて飲みこんだのだ。

「ううむ、ガンボ」少なくともジェーンにはそんなふうに聞こえた。〝ガンボ〟と。

ジェーンはこれまで経験したことのないとまどいを覚え、後退しようとした。だが男はもう彼女を肩に担ぎ、バナナの袋でも運ぶように軽々と、上方に見える高い木々のほうに駆けだしていた。子猿があらわれて、懸命に追いかけてくる。ジェーンにはわからないが、猿の言葉で〈これは楽しいね！〉と言ってはしゃいでいた。

ジェーンは振り返り、クモの巣に最後の一瞥を投げた。きらめく新しい白骨だけが、そこで起きたできごとを物語っている。グラヴィスの姿はどこにもなかった。

6　異邦人《フィール・ライク・ア・ストレンジャー》の気分

ジェーンは樹上の巣で疲れきって眠りに落ち、母猿がその様子をじっと見つめていた。驚くほど繊細な指でジェーンのブロンドの髪を撫で、においを嗅ぐ。ジェーンは寝返りを打ち、脇腹に当たる小枝で目を覚ました。キスできそうなくらい近くに大猿の顔があるのが、最初は信じられなかった。やがて現実感が戻ってきて、思わず悲鳴を上げた。

数時間前に彼女を救った男が即座に姿をあらわした。相手により強い興味を抱いているのはどちらなのか、なんとも言いがたい――ジェーンのは不安から来る興味で、ジャングルマンのほうは純粋な好奇心だったが。いかにも猿らしく、男はジェーンに顔を近づけ、鼻に皺を寄せた。においを嗅いでいるのだ。とりわけ、彼女の絹のような髪の。（ジャスミンの香り?）それは前に侵入者の野営地で嗅いだ覚えのあるにおいだった。あの黒髪の女。姉妹だろうか？

ジェーンはまた悲鳴を上げそうになるのを抑えこみ、あとじさった。ジャングルの蛮人が母猿を見る。母猿はわけがわからないと言いたげに首をかしげ、男は肩をすくめた。〈毛のない猿！　誰が想像する？〉ジャングルマンが手ぶりでそう伝えると、母猿は〈おまえと同じ〉と答え、相好を崩した。

ジェーンはあたりを見まわし、自分の荷物と逃げ道を探した。地上十五メートルの大猿の巣には何も見当たらない。注意を蛮人に戻すと、幸いにも下帯をつけるだけの知恵はあることがわかった。

パパに会えないまま生きるか死ぬかの瀬戸際だっていうのに、そんなことを気にしてるの？　現実的にならなくちゃだめよ！

ジェーンはあらためて希望の種を探した。

本当に地上十五メートルの大猿の巣にいるの？　密生した天蓋を透かし見ようとする。今は夜なの、昼なの？　午後早い時刻みたいな気がするけど……あの男を説得できない？どうすればいいかしら？

男が棒の先に刺した湯気を上げるヤムイモを差し出した。ジェーンはためらったが、お腹はぺこぺこだった。

いいわ、友達になろうとしてるわけね。熱い芋を注意して受け取り、勢いよく食べながら、ポケットの中に何か武器になるものはなかったかと考える。空いているほうの手をゆっくりと動かしてポケットを探ろうとし、やっと気がついた。ちょっと！　何も着てないのはわたしのほうじゃない！　あたりを見まわすと背後の枝にサファリ・シャツがかかっていた。きれいになっているわ！　洗濯してくれたってこと？

ヤムイモを落としたりせずに全部平らげると、彼女はどうにか優雅にブラウスを着こんだ──じっと見つめているジャングルマンを睨みつける。

おかしな行動だと思ってるんでしょうね……。

ジェーンはいま自分が原始人の中にいて、現代的な礼節など役に立たないことを考慮にいれ、〝郷に入っては〟モードに切り替えることにした。きれいに食べ終えたヤムイモの棒を見つめ、小さく〝ありがとう〟の笑みを浮かべる。母猿と蛮人は喜んでいるようだった。ジェーンの心の中に、奇妙な印象がゆっくりと形成されていった。身ぶりで話し合う様子を見ていると、母猿と蛮人が親子のように思えてきたのだ……。

母猿がシダのマットの下から熟れたバナナの房を引き寄せ、〝息子〟とジェーンに差し出した。毛深い猿とほとんど毛のない蛮人はすぐに食べはじめ、うなったりげっぷをしたりして、食事を楽しんでいることを示した。ジェーンは急いで仲間に加わった──文明人の淑女にできるかぎりの範囲で！

人類学者としての脳裏に、ふと不気味な考えが浮かんだ。

あのヤムイモは熱かったわ。この惑星では猿が食べ物を調理するの？　何が起きているのかしら？


ジェーンは男と猿が声だけでなく身ぶり手ぶりで〝会話〟していることに気づき、銀河系共通手話を試してみた。知っている語彙を出しつくしても、相手はおもしろがるばかりだった。

だめね。通じてない。だったらガールスカウトの手信号を……ああ、笑われてるだけだわ。

蛮人がバナナの皮を投げ捨て、近づいてきた。今度は向こうが異文化交流を持ちかける番だ。背後に手を伸ばしてヤムイモを手に取り、ジェーンの目の前に差し出す。

「ジャガイ」その声は力強く男性的で、こんな状況だというのに、ジェーンは不思議と気持ちが安らぐのを感じた。

「ジャガイ？　ええ、ジャガイね」語尾を上げると質問になるという、人類の共通ルールがここでも通用したのは嬉しかった。一歩前進だわ！

ジェーンは自分の腹をさすった。「おいしかった《ヤミー》」

ジャングルマンは彼女の腹を指さした。「ヤミー？」

ジェーンは笑い声を上げた。

「いえ、いえ、いえ、お腹をさすると〝おいしかった〟っていう意味なの。ただ指させば、そこがお腹《タミー》ね！〝ああおいしかった〟がヤミーで……それを感じるのがタミー。わかった？」

ジャングルの蛮人は母猿を見て首をかしげ、肩をすくめた。伝わってはいないが、ジェーンにはこの苦しい駄洒落が支配語を第二言語とする人間にさえ通じにくいとわかっていた。

食事をしたせいで喉が渇いてきた。身ぶりでそのことを伝えようとすると、男はすぐに理解して、巣の隅で昼寝をしていた子猿に声をかけた。

「ミズク！」

子猿はわかったらしく、飛び出していった。

蛮人はげっぷをし、母猿の横に腰をおろした。大猿は男の髪を毛繕いし、シラミなどの寄生虫を探しはじめた。ジェーンは自分の推測への確信を深め、毛繕いされているのが自分ではないことにほっとした。

子猿はすぐに戻ってきた。何かの根を持っている。男は根を受け取り、ジェーンに近づいてそれを頭上に掲げた。殴るつもりなのか、祝福のつもりなのかさえわからない。ジャングルマンの力強い手が、濡れ雑巾を搾るように根を搾った。すぐに甘美な液体が流れ落ちてくる。ジェーンはできるかぎり口で受けとめたが、いくらかは頰にもかかった。二人の楽しそうな笑い声が響く。男は受け止めかたを教え、そのあとはかなりうまくいった。

と、静かな夜を不気味な叫び声が引き裂いた。ジェーンは不安そうな顔になったが、彼女の〝守護者〟はだいじょうぶだという身ぶりをした。母猿を指さし、今夜は彼女がジェーンを見守ると伝える。ここにいろと手で指示し、蔦に跳びついて行ってしまった。

子猿がおずおずとジェーンに近づいてきた。彼女は喜んで子猿を抱き上げ、驚くほど居心地のいい巣の奥にうずくまった。子猿は口を開けたまま、たちまち寝入ってしまった。ジェーンはいとおしげにそれを眺めていたが、すぐに妙なことに気づいた。被毛を撫でてみて、その感触にはっとする。動物の毛ではなかった。何かもっと進歩したものだ。

翌朝、ジェーンは子猿に手を引かれて歩いていた。新しくできた弟といった感じだ。すでに陽が昇り、子猿は大きなシダの葉を頭の上にかざしていた。進化はここでもせっせと仕事をしているらしく、猿たちは明らかに、陽射しをさえぎる帽子の価値を知っていた。

「クモのところで落とさなければよかったんだけど……」

子猿は彼女の表情を読み、即座に思い出したらしく、眠るための木の幹を駆け上がっていった。ジェーンはその姿が木の葉のあいだに見えなくなったあとも、どこかに姿が見えないかと顔を上げつづけた。一、二分後、何かが樹上から落ちてきた。ジェーンの帽子だ！

「あの子が取ってきてくれたんだわ！」

子猿はすぐに戻ってきて、ジェーンは感謝をこめてその頭を撫でた。子猿は彼女の手を取り、ジャングルへと導いていった。

気持ちのいい朝で、ジェーンは何度も足を止めて花や蝶を愛でた。ジャングルは植物や虫や動物にあふれていた。見慣れたものがほとんどだが、奇妙に異なっているものもある。父親のような老科学者だったら、この惑星に夢中になるのも当然だった。彼女は心の痛みを覚えた。

子猿を楽しませるためもあって、ジェーンは独り言をつぶやいた。

「早く捜索に戻らないと。パパはこのどこかにいる。きっと見つけ出すわ！　でも、どうやって？　唯一の手がかりだったグラヴィスがいなくなって、あとは推測に頼るしかないわ」

ふと思いついたことがあった。「この大猿たちのところにしばらくとどまったらどうかしら……質問を理解してもらえるようになるまで。パパがこのあたりにいるなら、何か知っているはずだわ」

子猿が少し不思議そうに彼女を見上げた。〈誰と話をしてるの？　ぼくたち猿は自分と話をしたりしないよ！〉

ジャングルが切れるとそこは川岸だった。ジャングルマンが膝まで水に浸かって川の中に立ち、銛で何かを狙っていた。

あの人が子猿にわたしを連れてこさせたの？　もちろんそうに決まってる。

見ていると蛮人は力強く銛を突き出し……だが獲物はなく、ずぶ濡れになった。

子猿がからかうような笑い声を上げ、男はジェーンたちに気づいた。不意をつかれてあわてたらしく、漁を中止する。彼は銛を泥の中に突き立て、川から上がってきた。

「おはよう」とジェーン。

男は犬のように胴震いして微笑した。「ギング！」

「わたしのために朝食の用意をしてくれていたの？　わたしの好物がスモークした鱒とブリーチーズだって、よくわかったわね……あと、クロワッサンもあれば最高」

男は〝鱒〟と〝ブリーチーズ〟の意味を解読しようとするかのように首をかしげた。だがすぐに、背後の草地をならして作られた空き地を指さす。

見るとそこにはバナナ、スターフルーツ、ブドウ、メロン、パパイヤといった果実が山盛りにされていた。クロワッサンはなかったがジェーンは大喜びで、男と子猿といっしょに座りこんだ。地面にはヤシの葉やシダやバナナの葉が敷きつめられ、気持ちのいいピクニック・サイトになっている。

ジェーンははじめて見る果実の皮を剝き、慎重に一口かじった。新鮮で、自然で、美味だ。と、〝弟〟がいっしょに食べていないことに気づいた。一口かじった果実を差し出したが、子猿は正気を疑うような目で彼女を見ている。

ジャングルマンはジェーンのとまどった様子に激しく笑いだした。

ジェーンは気分を害したが、好奇心を刺激されてもいた。

「わかった、このあたりの動物は、わたしたち二人みたいにものを食べないわけね。だったら、どうやってエネルギーを摂取してるの？」

最初のうち、蛮人は彼女の言っていることがまったく理解できないようだった――が、すぐにぴんと来たようだ。うなずいて、子猿に大声で指示する。「デン・チ！」

子猿はしばらくあたりを見まわし、二重太陽に照らされた大きくて平坦な岩に目を向けた。その上に這い上がり、両腕を広げて蓮華座を組んだ。ジェーンはかぶりを振った。

「まさか」

子猿の被毛がちらちらと光りはじめ、エリマキトカゲのように首まわりの皮膚が空に向かって広がった。太陽の影響は甚大だった。まるで作りつけのソーラー・パネルでバッテリーを充電しているかのようだ！

ジェーンは蛮人にも同じ機能があるのかどうしても知りたくなり、首に触って隠された電子装置を探した。男は身を引いたが、すぐに彼女の意図を悟り、笑い声を上げた。その声で近くの枝にいたオウムが飛び立ち、ネズミに似た動物が逃げだした。

人間の女性に触れられたのは、これがはじめてだったはずだわ。きっと忘れられない日になるでしょうね。

ジャングルマンが指さすほうを見ると、ワニに似た生物が腹這いになり、背中の大きなソーラー・パネルを広げて陽光を受けているのが見えた。

上流のほうではサーベルのような牙を持つライオンが草の中に転がって、腹に陽光を浴びていた。その全身が銅をかぶせたバッテリーのように輝きはじめる。

ジェーンにもわかりかけてきた。

「なるほど。この惑星の動物の一部は、哺乳類よりも爬虫類に近い形に進化したのね——冷血動物に。太陽が二つあるんだから、そのほうが実用的だわ！　パパならいい論文を書いたに違いないわね」

ジャングルマンに注意を戻し、「陽焼け止めは二度塗りしたほうがよさそう。あなたも使う?」

ジェーンはオオナマケモノの暴走のときもワクチンとともに手放さなかったチューブを取り出した。蛮人はそれを受け取り、においを嗅いだ。鼻に皺を寄せ、バナナを食べるしぐさをする。

「いいえ、食べ物じゃないわ。ほら、こんなふうに塗り広げるの」

そう言いながら、ジェーンはすでにたっぷりと陽焼けした男の顔に陽焼け止めを塗った。男がその手をつかむ……ただし、そっと。二人の目が合った。

まだたがいに名前も知らないことを思い出し、ジェーンは背筋を伸ばすと自分の胸を指さした。

「わたしの名前はジェーンよ……ジェーン」と強調する。

ジャングルマンは彼女の胸を見つめた。片方のふくらみを指さし、次にもう片方を指さして、「ジェーン……ジェーン」

まずはここを乗り越えなくては。「いいえ、ちょっと勘違いがあるようね。でも前進してるわ……たぶん」さらに強調して、「ジェ、ジェ、ジェーンよ。言ってみて」

男は理解できていないようだ。ジェーンは意を決し、相手の手を握った。

「手。これは手」

気まずい沈黙があって、ジャングルの〝蛮人〟は本物の人間の感情らしいものを見せた。柔らかさを楽しむように、ジェーンの手を撫ではじめたのだ。

その先の心の準備がまだできていなかったジェーンは手を引っこめ、わずかに赤らんだ顔をユーモアで隠した……。

「あなた、いい男ね」

反応を見守るが、何もない。

「わたしの言うことがまったく理解できない相手っていうのも悪くないわ。何を言っても平気なんですもの」

さらに大胆になったジェーンは、積もり積もった不平不満をぶちまけた。「本当よ。あなたはわたしが夢に見ていた蛮人だわ。想像の中のあなたは、震えながら息をあえがせているわたしを置いて去っていくの。あとは皿洗いと料理さえ教えたら完璧だわ！」

蛮人は話のあいだじゅうじっとジェーンを見つめていたが、言葉は太陽にかかる影のようにその上を滑り落ちていってしまう。男は頭を掻き、子猿に注意を移した。彼が顔をしかめて見せると、子猿もそれをまねする。

ジェーンはこの反応に少々傷つき、やり返した。

「ちょっと、わたしが話しているのよ……いくら理解できないからって！」

いくつかの選択肢を検討した結果、ジェーンは相手に強い印象を与える方法を採用した。

「いいわ、何かの映画で見た覚えがある」雌のクジャクが雄の注意を引こうとするかのように居ずまいを正す。「ジェーンはとてもいい女。言ってみて。ジェーンは、とても、いい、おんな」そうすれば多少は理解しやすくなると思っているかのように、わざとゆっくり発音する。

蛮人は試しに単語をひとつ発音してみた。

「お、ん、な……」

「そうよ！　うまいじゃない。あなたはどう？　名前は？　な、ま、え」

相手はまた興味を失い、スターフルーツを食べはじめた。

「まあ、原始人には名前に当たるものがなかったと教わった覚えもあるわ。悪運が降りかかるとかなんとか。名前っていうのは、最初は綽名《あだな》みたいなものだったわけね。〝でか鼻〟とか、〝片足萎え〟とか……みんながあなたをどう呼んでるか知らないけど、女の子には女の子の考えかたがあるのよ！」

ジェーンは考えこんだ。

「うーん、いつもいつも〝ちょっと、あなた〟ってわけにはいかないし、そうね……エレミヤ？　じゃなくて……。そうか！　ぴったりなのがあるじゃない。どうしてすぐ思いつかなかったのかしら。これしかないわ。あなたは〝ターザン〟よ。どう？」

男を指さしてくり返す。「ターザン。あなたはターザンよ」

ジェーンは男の手を取り、指を本人のほうに向けさせた。「あなたはタ、、ーザン、、」

蛮人はわかってきたようで、彼女を喜ばせようとした。

「タ、ター――ジャク」

ジェーンはとまどったが、相手をがっかりさせたくなかった。

「タージャク？　まあいいわ。あなた、タージャク。わたし、ジェーン」

7　押《ウェン・プッシュ・》してもだめなら突《カムズ・トゥ・シャヴ》いてみる

駐屯地の状況は理想的とはいえず……しかもさらに悪化していた。一週間以上が過ぎても、派遣した部隊からの報告がシンに届かないのだ。

そこから遠くないあたりで、血まみれのグラヴィスが松の巨木の洞《うろ》に身を隠していた。片腕に粗雑な副え木を当て、口はまともに閉じない。顎からはよだれと血がしたたりつづけていた。ひどい状態だが、それでもそこまで這い戻ってきたのだ。だが、数キロ前から血のにおいを嗅ぎつけたヒョウに追跡されていた。グラヴィスは木のうろの内側に背中を預け、あきらめたように空を仰いだ。これ以上は進めそうにない。まもなくジャングルの猛獣に息の根を止められるだろう。

だが、彼の悪運は尽きていなかった。捜索隊が下生えを切り開きながら進んでくる、聞きまちがいようのない音が耳に届いたのだ。ヒョウが低く不満そうなうなり声を残して退却し、グラヴィスは次の朝を迎えられそうだと思った。無理をして声を絞り出すと、歪んだ顎の骨がすさまじい苦痛を引き起こした。

グラヴィスは診療所に運ばれ、ドクター・グリーリーの手当てを受けた。ドクターは腕の骨をつなぎ、顎をできるかぎり復元した。マラケシュが看護についたが、それはグラヴィスのためというより、ジェーンの身に何があったのかを聞き出すためだった。

「口腔外科はたぶんわたしのいちばんの弱点だな。おそらく生涯ずっと流動食しか食べられなくなるだろう。口がまともに閉じられるようにはならないはずだ」

マラケシュは同情するそぶりも見せなかった。

「置き去りにされた人たちよりはましでしょ」

「生存者は見つかっていない……ドクター・ハワードも含めて」

「お父さま同様、この呪われた岩のかたまりのどこかに埋まっているのね」

「それはわからない……まだ希望はある」

ラジャ・シンが苛々しながら報告を待っているとわかっていたので、ドクターは白衣を脱ぎ、シンのオフィスに向かった。

オフィスにはいつものようにモグールが無言で立っていた。（まるで彫像のようだ）グラヴィスの代わりはとっくに選任され、緊張して命令を待っている。ドクター・グリーリーは待ちかねていたシンにおずおずと報告した。

「重傷の部位もありますが、すぐに復帰できるでしょう」

「全身が壊死しようがどうでもいい。話はできるか？　あの女のことを何か言っていたか？」

「あそこまで顎を砕かれているとしゃべるのは無理ですが……」ドクターはメモを取り出した。「……筆談は少しだけできました。いちばん興味深いのは……」

シンはメモを奪い、貪るように読んでから、丸めてドクターの顔に投げつけた。

「二十人の作業員がいなくなって数カ月は補充もないというのに、女は無傷で姿を消した？　たいしたもんだ。猿のような男というのは何なんだ？　そいつを見たのか？　実在するのか？」

「途中でまた気を失ってしまったのでなんとも言えませんが、思うにグラヴィスは、苦力たちがずっと噂しているジャングルの怪人を実際に見たんでしょう」

「噂だの怪人だのに関わっている時間はない。知りたいのはあの女が生き延びた可能性があるのかどうかだ。戻ってくるかもしれないとなったら……」

ラジャがぶつぶつ言っているところにマラケシュが入ってきた。

「あの女っていうのはジェーンのこと？　グラヴィスがジェーンどころか、指揮していた誰も連れずに帰ってきたのは知ってるけど、ほかにも何かわかったの？」

シンが尊大に答える。「あの女は死んだ。もう忘れろ」

部下たちに向かって、「作業が遅れている。伐採量を倍にしろ。春にはここから出ていかなくてはならない。さもないと血の代償を支払うことになるぞ」

二人の監視者は顔を見合わせた。無理難題だとわかっているが、反論しないほうがいいことはすでに学習していた。二人は一礼し、急いで部屋から出ていった。

マラケシュは背筋を伸ばして長広舌を振るおうとしたが……かろうじて自制し、フレンチ・ドアのほうに後退した。

シンは象牙の柄のナイフをデスクから取り上げ、ドクターの顔をかすめるように投げた。ナイフは部屋の反対側の、黒檀でできたインディアン像の首に突き刺さった。木像のいくつもの傷痕を見れば、これがはじめてではないとわかる。

モグールはそれを見るたびに感銘を受けた。

ジェーンの強制的な休暇はその後も続き、その日はタージャックと大きな滝に来ていた。ジャングルの狭い峡谷に音を立てて流れ落ちる滝をタージャックが見せたがったのだ。二人は多少とも複雑なやり取りができるようになり、身ぶり言語も上達していた。ジェーンが猿の身ぶりを覚えるほうが、男がガールスカウトの手信号を覚えるよりも早かったが。

ただ、言葉を教えあうだけのそんな日々が続くと、タージャックは扱いにくいティーンエイジャーに戻ってしまう。ジェーンは彼を能力の限界以上に追いつめないことを覚えた。それに彼女は蛮人と文明人という、明日のことなど考えないこの幕間劇を楽しんでもいた。

大きな池の対岸に、いきなり奇妙な水棲動物の群れがあらわれた。動物たちは奇妙な裸の猿に気づき、正体を見定めようと空気のにおいを嗅いだ。二人よりもずっと大きな動物たちは脅威を覚えることなく、岸辺に生えている葦を食べはじめた。敵がいないので落ち着き払っている。

ジェーンは落ち着くどころではなく、タージャクの腕にしがみついた。タージャクは小さく笑って〝問題ない〟と手ぶりで伝えた。しばらくその奇妙な動物を眺めたあと、タージャクは立ち上がって伸びをした。ジェーンの視線を感じ、本能に突き動かされるまま筋肉を誇示する。ジェーンの反応を見て、もっといいところを見せたいという欲求が生じたようだ。滝の上へと岩を登りはじめる。

とても登れるとは思えない岩面を登っていくタージャクを見つめながら、ジェーンはあまり不安を感じなかった。できると思ったことはちゃんとやり遂げる男だとわかっている。

「いつかリスクの概念を理解してもらえるといいんだけど」とジェーンはつぶやいた。

タージャクは蔦や灌木など、あらゆる手がかり足がかりを駆使して登っていく。筋肉が躍動し、ジェーンはホルモンに圧倒されてしまう前に慎ましく目を伏せた。

「そばに誰かいるわけじゃないでしょ、ばかね！　ちゃんと見てなくちゃだめよ！」

そう自分に言い聞かせて顔を上げたときには、男の姿はすっかり小さくなっていた。

とうとう頂上にたどり着いたタージャクは、滝の上に張り出した大きな岩の端まで慎重に足を進めた。つねに水飛沫《しぶき》のかかる場所で足を止める。ジェーンにもその姿が見えた。男は敬礼するように手を動かした。少なくともジェーンには敬礼したように見えた。

「ばかじゃないの！　何してるのよ？」ジェーンが瀑布に向かって叫ぶ。

タージャクの反応は、大学の男の子が女の子にいいところを見せようとするのと同じだった。自分がそんな影響を与えたことがジェーンは嬉しかった。

「わたしもまだ捨てたもんじゃないわね」


ジェーンが下から見ていると、タージャクは飛びこみの準備ができたようだった。何度かその場で跳び上がり、駆けだしたところで足を滑らせ、バランスを崩した。一瞬その身体がぐらついたかと思うと、岩の端から落下する。石のように一直線に落ちていき、腹から滝壺に叩きつけられた。ジェーンは縮み上がった。ばしゃん、と大きな水音がして、水棲動物の群れが驚いて逃げ去る。

ジェーンは水辺に駆け寄り、目を凝らして待った――が、タージャクの姿は見当たらない。急いでブーツとブラウスを脱ぎ、水の中に踏みこんだ。そのあいだもあちこちに目を向け……。

と、いきなり何かに――ワニだろうか？――足をつかまれ、水の中に引きずりこまれた。ジェーンは悲鳴を上げ、水面を叩いてなんとか逃れようとした。

水を飲みそうになったとき、タージャクが水を跳ね散らし、笑いながら立ち上がった。彼のいたずらだったのだ。

ジェーンは最初腹を立てたが、男の子にこういういたずらをされたのがはじめてではないことを思い出した。

「学習しないわね」自分を叱責して、ジャングルの美青年のジョークと笑いを受け入れる。いっしょに笑いだしたとき、水苔で足を滑らせ、タージャクの力強い腕の中に倒れこんだ。ぎごちない沈黙の中、二人は目を見つめ合った。ジェーンは男の肉体を意識し……唇が重なりそうになった瞬間、タージャクが危険を感じたように身をこわばらせた。

地響きが聞こえた――ゆっくりと力強く、何かが近づいてきている。音が近づくにつれてタージャクの緊張は高まり、ジェーンは彼の腕の中にいてよかったと思った。オオナマケモノの悪夢が甦ってきて、さらにしっかりとタージャクにしがみつく。男は彼女が怯えている理由を感じ取り、慰めようとした。今回はあんなことにはならないと言うようにかぶりを振る。ジェーンもその意図を理解し、手を緩めて、二人は乾いた土の上に戻った。

タージャクは自分の腕に目を向けた。くっきりとついたジェーンの手の跡は簡単には消えそうになかった。消えないほうがいい。ジェーンは岸辺の草や葦のあいだから向こうを覗いていた。文明人の女性として、たとえまっ暗だったとしても、ブーツとブラウスを忘れるわけにはいかない。ようやく見つけると、彼女はそれを回収しようとした。大急ぎでボタンをかけたので、穴とボタンがずれてしまう。ブーツも左はうまく履けなかった。タージャクに腕をつかまれ、水の中に倒れそうになる。男は彼女の唇に指を押し当てた。

地響きはさらに大きくなり、とうとう……牙ではなく角が生えた、黄金色の巨大な象があらわれた。その巨体がジャングルを突っきって、二人の目の前にやってくる。象は二人を見ると足を止め、挑戦の咆哮を上げた。右の前肢が地面を掻いている。

タージャクはジェーンを背後に押しやり、巨獣の挑戦に応えて前に進み出た。

「やめて！　水場に行きたいだけかもしれないわ！」

タージャクは大声で巨象に呼びかけた。「ゾーサン！」

象が巨大な耳をはためかせて突進した。

タージャクは自分よりもはるかに大きな相手に正面から対峙し、ジェーンはその背中に顔をうずめた。

巨象は小さな人間たちに向かって突き進み……直前でぴたりと停止した。土埃がおさまると、タージャクは満面の笑みを浮かべていた。ジェーンは失神寸前だ！　巨象は鼻でタージャクの腰に触れ、彼を藁のように軽々と空中に持ち上げた。

ジェーンは悲鳴を上げたが、驚いたことに、象はタージャクを角の上まで持ち上げ、そっと背中に下ろした。どちらも遊んでいるのだ。

タージャクと象が同時に咆哮した。

タージャクがジェーンに、じっとして動くなと身ぶりで伝えてきた。ジェーンは理性の声に逆らい、その場にとどまって象の鼻に抱え上げられた。鼻はわずかに冷たく、その図体から想像していたよりもはるかに器用だった。ジェーンが背後に下ろされると男は笑い声を上げ、象を前進させた。

タージャクとジェーンは象の背に乗ったまま草地を横切った。草食動物――バッファロー、キリン、ガゼルなど――の群れが見え、フラミンゴやコウノトリやツルもいるのがわかった。すばらしく見応えのあるサファリ・ツアーだった。

と、象がいきなり足を止めた。耳を大きく広げて遠くの音を聞き取ろうとし、鼻を上げてにおいを嗅ぐ。タージャクも緊張していた。やがて轟音と破砕音が聞こえてきた。それが徐々に近づいてくる。

草地の向こうの木々の梢の上に大きな土埃が舞い上がり、それに続いてブルドーザーやバックホーといった重機が出現した。草地にいた動物たちはパニックに陥った。鳥、アンテロープ、ディンゴ、キリン。だが何より重要なのは、巨象が暴走を始めたことだった。危険度がいっきに跳ね上がる。

トラックの荷台に乗った監視者たちが運転席の屋根で狩猟用ライフルを固定し、撃ちはじめた。峡谷にいた動物たちがばたばたと倒れる。

タージャクとジェーンは必死で象の背につかまり、象はとうとう安全な木々のあいだに逃げこんだ。パニックに駆られたまま、下生えを踏みしだいて進みつづける。タージャクはジェーンを引き寄せ、枝にぶつかって叩き落とされるのを防いだ。

もうつかまっていられないと思えたころ、タージャクが手を伸ばし、垂れ下がっていた蔦をつかんだ。もう片方の腕をジェーンの腰にまわし、暴走する象の背を蹴って飛び出す。二人は静かに近くの木の枝に着地した。地上に下り、息を整える。

タージャクは見るからに怒っており、重機に向かって意味のわからない言葉を投げつけた。ジェーンは怒りよりも安堵のほうが強かった。

ボルネオ1の長い一日が終わり、監視者たちが夜空を焦がす大きな焚き火のまわりに集まってきた。獲物を自慢し、酒をあおり、シンが仕事ぶりに満足すると部下に配る安葉巻をふかしている。その日の遠征にはシンとモグールも同行し、今は片隅で日次報告書に目を通していた。揺れる炎に照らされて、二人の顔は悪魔的に見えた。

そこに偵察員が駆けこんできて報告した。

「メムサヒブの手がかりはどこにもありません！」

「ばか者！　発見するまで戻ってくるな！」シンが叱りつける。

「ジャングルに呑まれたのだと思いますよ……父親と同じように」影の中でボトルを抱えたまま、ドクター・グリーリーがとりなすように言った。

「あの女の骨をこの目で見るまで満足できん！」

そこから一・五キロほど離れて、別の焚き火が燃えていた。シンのところほどには目立たない。ジェーンが赤ん坊の猿とたわむれ、大きなヤムイモが火にあぶられていた。黄金色の象が長い鼻で木の枝をもぎ取り、強靭な顎で噛み砕いている。

タージャクが蔦につかまって、サケに似た巨大な魚を二匹運んできた。ジェーンの目の前に飛び降りて、彼女を驚かせる。

「ほかのみんなみたいに普通に歩けないの？　何もかもドラマティックにしないと気がすまないわけ？」

タージャクはわけがわからないという顔で肩をすくめ、笑顔で二匹の魚を掲げた。

「魚！　本物の食べ物！　わたしの心を読んだみたいね。これ以上ヤムイモを食べさせられたら――」

　タージャクは誇らしげに獲物を見せた。「シャウ・キング」

「シャウ・キングでもシュマ・キングでも、お腹がぺこぺこよ。火にかけておいて。わたしは荷物の中から塩を探してくるから」

　ジェーンは言語の壁を気にしないことにしていた。きちんとした言葉で話しつづけていれば、いずれなんとかなるはずだ。

　彼女はしばしば自分に言い聞かせた。

　あの人も人間なら、言語の遺伝子を持っているはずよ。それを呼び覚ませばいいだけだわ。この〝長身で黒髪の無口な〟男は、自分からはしゃべろうとしないわ！

　そこでふと思い出した。

「ねえ、どこで料理を習ったのか、まだ聞いてなかったわ。本当のお母さんから……」

　ジェーンは失った家族の話ができるほどの語彙がないことを痛感した。いちばん訊きたいことが訊けるようになるのはまだ先だろう。口頭でも絵文字でもいい。父親がこのどこかで助けを待っているはずなのだ。

　ジェーンは話題を変えた。

「ねえ、この魚に上流の工場が排出した水銀が蓄積していたり、寄生虫がいたりしないって、どうしてわかるの？　本当に安全なの？」

魚を串に刺していたタージャクは肩越しに振り返り、意味がわからないときに見せる笑みを浮かべた。

「まあいいわ。今夜は何だって食べるから。ワイルドライスか何かない？」

ジェーンは両手を使ってがつがつと食べ、研究者というより脱獄犯のようだった。ようやく食べ物以外のものに目が向くようになったのは、サゴヤシとあの美味な根の絞り汁というコース最後のメニューになってからだった。

「すばらしいわ！　これで死んでも構わないってくらいおいしかった」

タージャクはその意味を理解し、満足そうに腹をさすった。

「おいしかった《ヤミー》」

「ええ、本当にヤミーだったわ」

満腹したジェーンは次の一歩を踏み出した。

「ねえ、もよりの文明から六十七光年も離れた岩のかたまりでロボットみたいな大猿に育てられて、あなたが教育を受けられなかったのはわかるわ……でも、うめき声やうなり声で会話するのはそろそろ卒業してもいいころだと思うの。ちゃんとした文章で話してみない？　わたしの言語で」思いきって提案する。「いいわ、わたしの名前はジェーンよ。これは前にやったわね。あなたもやってみて！」

子供に話しかけるようにゆっくりと、「あなたの名前は何ですか？」

タージャクはまた腹を撫でた「ヤミー」

「いいえ、魚のことを言ってるんじゃないわ。わたしはジェーン。これなら言える？」

タージャクが挑戦する。「わた、わた……ジェーン！」得意そうな顔だ。

「だめよ！」

猿の赤ん坊が物陰に隠れた。

「わたしはジェーン」と〝わたし〟を強調する。「あなたはタージャク」

頭の中で選択肢を計算する。「わかった、もういいわ。まず概念から行きましょう」

ジェーンは大きなヤシの葉の陰に隠れた赤ん坊猿をつかんで腕に抱き、母親のように揺すってやった。

タージャクはじっと見ている。

「わたしはこの子の母親。この子を愛してる。赤ちゃんも母親を愛してる」〝愛してる〟という語を強調して言う。

タージャクを見て、宇宙共通の〝疑問〟のしぐさで首をかしげて尋ねる。「あなたの母親はどこ？」

タージャクはしばらく考え――理解したようだった。空き地の反対側にある大きな木を指さす。

「いいえ、養い親じゃなくて、本当の母親よ。ほら、これを見て」

　ジェーンはケースに入れた写真を見せた。年老いた母親が写っている。

「これがわたしの母親。あなたの母親はどこ？」とまた〝母親〟を強調する。

　タージャクは写真に大いに興味を示したが、ジェーンの言っていることはわからないようだった。

　ジェーンはもう一歩進めることにして、別の写真を取り出し……。

「これはわたしの父親よ。父親」

　二枚の写真を並べて掲げ、その二人から自分ができたことを示す。生物学の基礎だ。

　タージャクがいきなり目を輝かせた。跳び上がって火の周囲を踊りまわり、笑いながら叫ぶ。

　そのあとジェーンに駆け寄り、父親の写真をつかんでその顔を指さす……「ハ・ワード！」

　ジェーンは自分の耳が信じられなかった。どうしてそんなことが？

「ハワード？　父の名前を知ってるの？　そんな――まさか！　パパを知ってる！　パパを知ってるのね！　どこにいるの？　無事なの？　お願い、そこに連れていって」

ジェーンは懇願した。はじめて現実的な希望があらわれたのだ。

タージャクの歓喜は急速に翳《かげ》った。かぶりを振り、はるか遠くを指さす。

「アブン・ジャ。アブン・ジャ」

「それは何？　アブンジャって何のこと？　死んではいないわよね？　怪我をしてるの？　いえ、そうじゃないわ。もしかして、危険すぎるってこと？」身ぶりで恐怖をあらわし、

「危険すぎるの？」

「き・けん？」タージャクは〝わからない〟と言うように首を横に振った。

ジェーンは苛立ってきた。

「手を貸して。わたしはそのためにここに来たの。パパを――ハ・ワードを見つけないと。お願い！」

タージャクはあきらめた表情になった。ほかにどうしようがある？


朝になると、緑のジャングルは無垢で自然に見えた。だが、よく見れば伐採の波が押し寄せているのがわかる。重機が樹木をまとめてなぎ倒し、あとには根こそぎにされた切り株と木っ端しか残らない――少なくとも目に見えるかぎりでは。ジャングルは猛攻の前に後退を続けていた。チーク、マホガニー、鉄木、松、瘤材。ボーコテ、ブビンガ、紫檀などが、声もなく高貴に伐採されていく。

群れを作る動物たちはじゅうぶん距離を取りつつ、安全だった森を離れ、まだ残っている植物を求めて移動していった。

訓練された苦力の一隊が斧の刃を研ぎすまし、落伍して無慈悲な伐採の進軍を遅らせることがないよう、猛ダッシュしていた。

シンは巨大な木材運搬車の上に設置された移動バルコニーから伐採を監督していた。二重太陽の下で汗を流している労働者を尻目に、冷たい飲み物をちびちびと飲んでいる。グラヴィスは下で一隊を率いて前方の小峡谷を伐採しようとしていた。下顎を固定している器具が不気味に目立つ。

一隊は大型ブルドーザーと木材運搬車、それに巨木を倒すときに使う高いクレーン車を先頭に前進しはじめた。

小峡谷の岩陰に隠れて、年配の男が重いロープをブロックにかけ、所定の位置に固定しようと苦労していた。年齢のわりには活力にあふれ、自然の中で動くのに慣れているようだ。きれいに髭を剃り、サファリ帽は背中に押しやって顎紐で首にかけている。ようやくロープを固定するとその場に座りこみ、滝のような汗を拭って息をあえがせた。両手に目を落とす。てのひらは豆が破れて血だらけだった。

老人はかぶりを振り、両手に語りかけた。

「あとはこれが時間の無駄ではなかったことを祈るだけだ……」

よろよろと立ち上がり、ロープを引っ張ってしっかりしていることを確かめる。だいじょうぶだ。

ロープはもつれ合った木々のあいだを伸びて尖った岩につながり、複雑な滑車で小峡谷の横に設置された巨大な丸太につながっていた。（独力でこれだけのものを設置した老人の聡明さがうかがえる）

下からチェーンソーとブルドーザーの音が接近してくると、この意外な伏兵は岩の向こうを覗き見た。

「そうだ、こっちにおいで、殺し屋ども。こっちだ……」

いちばん大型のブルドーザーが岩だらけの大地の上を進んできた。小峡谷の下のデルタ地帯に集積場を作ろうとしているようだ。じりじりと巨大な丸太が吊り下げられた場所に近づいてくる。

老人は無言でそれを見つめていた。重機が接近するほど、汗のたまった眉の下の目が大きくなる。もう一度だけ眼鏡を拭いて標的を確認すると、しっかりとロープの端を握りなおした。

「今だ！」

老人の手を離れたロープは鞭のように跳ねまわりながら岩のあいだを通過し、巨大な丸太を解放した。丸太は破城槌のように小峡谷の上を突き進んだ。

ブルドーザーの運転手は影のようなものが迫ってくるのに気づき、ドアから外に飛び出した。ほぼ同時に丸太が運転席をかすめ、小峡谷の反対側に向かって突き進んでいく。

(計算を間違えた?)と、丸太が反対側の端にかろうじて引っかかっていた大岩に激突した。小峡谷に衝突音が響き、大岩は一瞬ぐらついたかと思うと……眼下のブルドーザーに向かって転がり落ちていった。

うしろに続いていた作業員たちは岩と金属の衝突音を耳にし、恐怖の目で小峡谷を見上げた。砕けた岩とブルドーザーの残骸がなだれ落ちてくる。

輸送車の運転手が運転席から飛び出した瞬間、岩なだれが車輛を襲い、フォークリフトを直撃した。輸送車は勢いに押されて後退し、クレーン車に衝突した。クレーンが倒れてきて、伐採作業員たちは命からがら逃げだした。

クレーンがゆっくりと地面に横倒しになる。ケーブルと油圧装置で構成された構造物は無数の破片に分解した。

岩と残骸が飛び散り、あたりは大混乱だった。

はるか上方の大岩の上で、年配の男は疲れた目に歓喜の表情を浮かべていた。

「今回はうまくいったぞ、くそったれども!」だがすぐに自分の無防備さに気づく。「さっさと逃げだしたほうがよさそうだ」

後輪がキャタピラになったハーフ・トラックの隊列が接近してきていた。武装した男たちを満載し、指揮を執るのは怒り狂ったシンその人だ。下に見える土埃と残骸の中から拡声器でわめき立てている。

「道をあけろ！　そのがらくたを脇に押しやれ！」頼るものはいつも金だ。「犯人を見つけたやつにはボーナスを出すぞ！」

混乱のまん中で、シンは監視者たちに怒声を飛ばし、そこらじゅうで襲撃犯を探させた。シンが明らかにいちばん気にしているのは、重要な機材を失ったことだった。あたりでうめいている負傷した作業員たちには目もくれない。

「まだ使えるものはできるかぎり回収しろ！　さっさとやらないか、屑ども！」

武装警備員が発見した滑車を手にしてシンに駆け寄った。シンの剣幕にためらいながらも、勇を鼓してそれを差し出す。これで人為的な襲撃だと——ジャングルにいるのは自分たちだけではないと——わかったはずだ。顔を上げ、からかうように揺れている丸太を見上げたシンの表情には、激しい怒りが燃え盛っていた。

その少しあと、老〝テロリスト〟は密生したジャングルの下生えの中を苦労して進んでいた。重機の走行音にちらりと背後を振り返り、追いついてきていることを確認する。

「くそ、あいつら！　どこかに隠れるか、まくしかないな」

下生えが密生していなければ、彼が苦労して押し通ってきた蔦や灌木をやすやすと切り開く重機の姿が見えただろう。そのすぐあとには兵員輸送車が続き、見張りが前方のジャングルに目を凝らしている。彼らは老人から左手のほうに見える、ちょっとした斜面を登っていた。まだ痕跡は発見されていないが、追っ手はかなり近くまで迫っていた。

もう一度振り返ると、陽光が兵員輸送車のフロントガラスに反射するのが見えた。近い。近すぎる。それでも藪の中を抜け……林間の小さな空き地に出てしまった。老人は足を止め、息を整えた。手痛いミスだ。

別の兵員輸送車が空き地の反対側にあらわれた。見張りが老人を発見し、トランシーバーに向かって報告しているのがわかる。

老人は残された唯一のチャンスに賭け、ふたたびジャングルの中に飛びこんだ。車輛が向きを変え、追跡にかかる。

こちらの兵員輸送車には重機の先導がないので、ジャングルの手前で停止するしかなかった。武装した男たちが十名、ただちに飛び降りて、山刀で道を切り開きながら追跡にかかった。

老人は限界に達した。木に寄りかかり、息をあえがせる。男たちの近づいてくる音が聞こえた。

「どうやらおしまいのようだ、ジェーン。木を盗む連中を止められなくて残念だ――おまえに最後にもう一度会えなかったことも……」

やがてとうとう追跡者が二人、木立の向こうに姿を見せ、彼を発見した。一人がゆっくりと近づきながらトランシーバーで報告する。二人は三十メートルほど離れたところで足を止め、武器を構えた。

老人は無言で天を見上げた。そのとき……。

大きなオランウータンが二頭、近くの木の上から飛び降りてきて、ライフルを構えた二人の胸に着地した。二頭はまるでタッグを組んだレスリング選手のようだった。追跡者は武器を取り落とし、地面にひっくり返った。二頭が胸を叩いて挑発する。二人は命からがら逃げだした。


林間の空き地ではハーフ・トラックの運転手が運転席に閉じこもっていた。その男の怯えた視線の先では、何頭もの巨大な猿がフロントガラスを叩き、車体を揺さぶっている。運転手は野菜袋のように、車内のあちこちに投げつけられた。この最初の攻撃が終わると、大猿たちはトラックの片側に集まった。大きくうめきながら、力を合わせてトラックの側面を持ち上げ……トラックはしばらく斜めになって揺れていたが――やがてひっくり返った。

運転手はぐるぐるまわりながら叫んだ。「やめろぉぉぉ！」

トラックは斜面を転がり落ち、石と破片をまき散らした。あとを追ってきた者たちがあわてて物陰に隠れるのが見えた。

岩の上に転がった運転手のトランシーバーから、報告を求めるラジャの声が峡谷に響きつづけた。

老人は息を整えながらも、たった今自分の目で見たものが信じられなかった。だが、ぐずぐずしていられないのはわかっている。小枝を折らないように気をつけながら、忍び足で背後の音から遠ざかる。できるだけ遠くに……一本の木の反対側にまわりこむと——目の前に武装した追っ手の一人が立っていた。

男は右手の自動小銃を上げ、左手でトランシーバーを口もとに持っていった。

「発見しました。爺さんです！」

男が引金を引こうとした瞬間、トランシーバーからシンの声が響いた。「殺すな！　生きたまま連れてこい」

またしても運命に救われた形だった。武装した男はゆっくりと前進し、地面に伏せろと老人に合図した。老人は理解し、老いた肉体をぎくしゃくと折り曲げた。武器を持った男は一瞬気を抜いて、紫檀の木の横を通り過ぎた。そのとき大きな人間の手が伸びてきて、ライフルの銃床をつかんだ。タージャクだ。前腕の強力な一撃で男は意識を失い――そこに別の監視者が駆けつけてきた。監視者はライフルを上げ、狙いもつけずに発砲した。弾丸は的をはずし、幹をかすめて木片をはじき飛ばした。

タージャクは飛んできた破片で頬を切ったが、そんなことを気にしている場合ではなかった。咆哮して男に突進すると、相手は驚いて銃を放り出し、逃げだした。戻ってこないようなので、タージャクは老人に向きなおった。老人は感謝の笑みを浮かべた。

タージャクは老人を助け起こし、サファリスーツの土埃を払い落とした。黄金色の象が藪の中から出てきて、挨拶するように咆哮した。

その背中に乗っていたジェーンは、すばやくあたりの様子を観察した。長いこと会っておらず、またこんな状況のせいもあって、木の幹に寄りかかって息をあえがせている父親を認識するのに一瞬の間があった。

「パパ！」

象が膝を折る。ジェーンは地上に飛びおりて、行方不明だった父親の腕の中に飛びこんだ。老人は自分の目が信じられず、茫然としていた。「どうやら死んで天国に来てしまったようだな。本当におまえなのか、ジェーン？」

「パパを探してここまで来たのよ。よく無事で……」

そこにタージャクが割って入り、切迫した身ぶりで、今は再会を喜んでいる場合ではないと告げた。象を呼び寄せ、父娘をそっと抱え上げさせる。

「ウム・ジャー・リク・モ・ヴァ・ド！」

象は指示に従い、二人を乗せて安全な場所に向かった。

オオハシが木の上で鳴き声を上げ、タージャクはすんでのところで、遠い木々のあいだから飛来した一斉射撃の弾丸をかわした。物陰に飛びこんで駆け出し、銃撃とは反対方向の岩場を目指す。

岩場まで来ると肩越しに振り返り、銃を持った男たちがジェーンではなく自分を追ってきていることを確かめた。満足して、宙に身を躍らせ、姿を消す。

監視者たちは岩場のはずれに駆けつけ、下を覗いた。眼下には鋭い岩が連なっているばかりだ。

一人がかぶりを振った。「ここから落ちて助かるわけがない」

別の一人も崖下を覗きこんだが、こちらは確信が持てないようだった。

「ああ、だが、死体はどこだ？」

「岩の陰になって見えないんだろう」

「岩なだれに巻きこまれて埋まっているのかも。ラジャのところに戻って報告しよう」

「ラジャは気に入らないだろうな……」

8
輪はとぎれていないか《ウィル・ザ・サークル・ビー・アンブロークン》

さざ波の立つ小川に接する小さな空き地のスズカケノキを月光が照らし出す。その高い枝の上に一軒のツリーハウスが見えた。うまくできていて、竹と籐を組んだ上にニッパヤシの葉が葺《ふ》いてある。麻を編んだ長い縄梯子は引き上げられ、侵入者を阻んでいた。開いた窓からは蠟燭の明かりが見え、レモングラスの甘い香りが夜気に溶けていた。

ハワード教授が火床のそばに膝をつき、熾火《おきび》に息を吹きかけている。ジェーンは父親が火にかけた鍋からよそってくれたカレーのようなものを貪《むさぼ》っていた。

「この遺伝子操作された小枝を一定の火力で燃やすのは難しいんだ。ココナッツ・ミルクが沸騰してはよくない。もう少し火が強いほうがいいかな」

「直火で作った家庭料理ほどすばらしいものはないわ。とてもおいしい！　料理ができるなんて知らなかった！」やっと空腹を満たしたジェーンが言った。

「原住民が手助けしてくれたおかげかな」

「原住民！　人が住んでいたの？　あのジャングルマンは、失われた部族の一人ってこと？」

「そういうわけではないが、その話はあとにしよう。まずはおまえのことだ。どうやってここに来た？　評議会の承認が必要だったはずだ」

「パパが行方不明になって、探しにこないとでも思ったの？　システムの扱いかたは教えてもらっていたし、評議会はオフィスにわたしを招き入れるより、貨物船に押しこむほうがましだと考えたのよ！　だからこうしてここにいるわけ」

ハワード教授はテーブルの上の皿を片づけた。

「何があったの？　どうして誰にも――とくにわたしに――無事でいるって連絡しなかったの？」

「言ってみれば、ラジャ・シンのパーティを台なしにしたからかな。調査も佳境を迎えたある日、見上げるとこの原始のエデンに、重機を満載した船団が降下してきた。評議会からはなんの事前連絡もなく、わたしは蚊帳《かや》の外だった。やつらが何をしようとしているのかがわかったとき、わたしは……」

（ジェーンは父親の性格をよく知っている）「まっすぐシンのところに行って、この惑星から出ていけって言ったのね」

「まあそんなところだ。ラジャ・シンはわたしの口調が気に入らなかったようで、二日以内に〝自分の〟惑星から出ていけと言った……さもないと、と」

「それでどうしたの？」

「深々と一礼して、急いで野営地に戻った。貪欲な男だから伐採を優先し、わたしのほうに戦力を割くことはないだろうから、抵抗する時間はあると思っていた。ところが野営地に戻ってみると、もうやつの手下に蹂躙《じゅうりん》されていた。通信装置はもとより、役に立ちそうなものは何もかも持ち去られていたよ。幸い、シンが到着するずっと前に、ほかにもいくつか野営地を設営していた。そこで守りを固め、革命の準備を開始した！」

「たった一人で世界に立ち向かおうってことね。何を考えていたの？」

「母なる自然に対するこの攻撃を誰かが止めないと、この楽園が永久に失われてしまうと考えたんだ」

「だからシンに対してゲリラ戦を展開し、おかげでシンはわたしに死んでもらいたいと思ったわけね！」

「まさかおまえが来ているとは思わなかった。もし知っていれば……」

「同じことをしたわよ。わたしが自分の面倒くらい見られるってわかってるから」

「カプリコーンの発掘のときはそうでもなかったがね」父親は昔話を持ち出した。「大学二年生のときもそうだ……創立記念日のレガッタでも……」

「わかった、もういいわ。確かにばかなこともしたけど、わたしだってもう大人よ。これからどうするつもり？」

「鼻面を一撃してやったから、蜂の巣をつついたような騒ぎになるだろう。比喩が多くてすまんな」

「当然ね。シンはおもちゃをいくつか壊されて、パパを無視できなくなったはずよ。ところで、ここはもう教室じゃないんだから、どんな言葉を使っても構わないわ」

ジェーンはあたりを見まわした。「今のところここが見つかる危険は低そうだけど、あの調子で伐採を進められたら、いつの間にか玄関先に迫ってたってことになるわよ」

「わかっている。撤退しながら戦いをしかけて、少しでも足止めする計画だった。シンが誰から命令を受けたのかは知っている。評議会は非常にきびしい締切を課したはずだ——しかも低予算で」

ジェーンがあとを引き取った。「つまりある程度作業を遅らせることができれば、伐採を終える前に帰るしかなくなるってことね！」

「それがわたしの計画だ。だが、よかったらこの話は明日にしよう。もうくたくただ。カレーはまだ鍋にたくさんある。おやすみ」

「ナンキンムシに嚙まれないようにね」

破壊活動があった現場では、事態はこれほど平穏ではなかった。シンはまだまったく落ち着いておらず、翌日の探索・殲滅《せんめつ》作戦に向けて部下たちに大声で命令を下していた。

「貨物船に連絡して、偵察衛星を射出させろ！」

監視者の一人がびくびくしながら、わかりきったことを指摘して自分の首を危険にさらした。「サヒブ、貨物船はもう惑星周回軌道を離れているはずですし、衛星を射ち出せたとしても、二重太陽のせいで熱センサーはまるであてになりません」

実際そのとおりだったが、今のシンには論理的な反論を受け入れる余裕がなかった。彼は懲罰に使う乗馬用鞭に手を伸ばした。

「もちろんうまくいく可能性もあります、サヒブ！　すぐに連絡します！」監視者はそう言うとあわてて駆け出し、間に合わせの司令部のドアから飛び出していった。

「ばかが！」

グラヴィスは顎のせいでしゃべれなかったので、シンに思考読取機の会話パッドを差し出した。画面にはこんな文章が表示されていた。〝嗅覚ドローンを持っていきたいと言ったのに、上が認めてくれなかったのが不運でした〟

シンは皮肉っぽく、彼の要請を却下した官僚の口調をまねた。

「〝最新テクノロジーの産物を間違った者の手に渡すわけにはいかないのでね〟――こんな見捨てられた岩のかたまりに来ようってやつがほかにいるか？　逃げだした苦力の探索に使えるとわかっていたんだ」気を取りなおして、「まあいい。あの爺さんはかならず捕まえて、たっぷり返礼してやる！」

画面に次の文章があらわれる。〝あの女の父親だと思うんですか？〟

「ほかに誰がいる？　例の怪人、ジャングルマンか？　とにかく明日、夜明けとともに出発だ！」

思考読取機をグラヴィスに投げ返す。

「今度おれの顔の前に突きつける前に、そいつをよく消毒しておけ！」


いつものように唐突に朝になり、目覚めたジェーンは父親がジャングルを見下ろすベランダでお茶を飲んでいるのに目を向けた。物音から判断すると、動物たちがソーラー・パネルを広げ、一日のエネルギーを充塡しているようだ。

「おはよう、わが太陽。鍋にカレーが温めてあるぞ」

ジェーンは父親の決まり文句に驚くほど心が暖まるのを感じた。父親というものは、いつの時代もこうやって娘を慈しむものなのかもしれない。（時と場合を考えるなら、とりわけ愛情深く思える）

「ジャングルマンをどこかで見かけた？」ジェーンは小さな手鏡で、念のため身だしなみをチェックした。

「わたしのザクロ茶のにおいを嗅ぎつけたら、いつ飛びこんできても不思議はないな」

「ええ、確かに鼻はいいわね。会うたびににおいを嗅ぐ癖をやめてくれるといいんだけど」

「あれはごく自然な行動だよ。事実上、どんな動物でもやっていることだ。人間があまりあからさまにやらなくなっただけでね。シャンプーとデオドラントを使ったら、あの男は困惑するのではないかな」

父娘は小さく笑ったが、ジェーンはすぐに真顔に戻った。

「それで、話す気になった？　あの人はどこから来たの？　失われた部族みたいなものがいるわけ？　この世界で生まれたとは思えない。ソーラー・パネルがないんですもの！　剣闘士が必要になったときに備えて、ひそかに訓練していたわたしの兄弟だなんて言わないでよ！」

「まあまあ、そんなドラマティックな話じゃないんだ。何カ月も前、シンが到着するずっと以前に、わたしはひどく困った状況に陥った。一週間ほど野営地を離れ、調査に出たときのことだ。崖を登って標本を採取していたとき、頁岩《けつがん》の隙間にブーツがはさまって、抜けなくなってしまったんだ。本気で足を切断しようかと思ってナイフを抜いたとき、どこからともなくあの男があらわれた。わたしを一目見て、微笑んで、まるでバルサ材みたいに頁岩を粉砕した。

わたしを立ち上がらせたあと、あの男は妙なことをした。しばらく剃っていなかったんで、あのときは髭ぼうぼうでね。こう言ってはなんだが、ちょっとヘミングウェイに似ていた」そう言って笑みを浮かべる。「とにかく、そんなわたしの顎を、まるでシュナイザー犬を撫でるみたいに撫でたんだ。たぶん顎髭のせいだろう。あの男は髭が生えないようだから……アメリカ原住民の血が入っているのではないかな。

何にせよ、全員で話ができるよう、おまえには黙っていると約束したんだ」

「約束ですって！　それはおもしろいわ。あの人はしゃべれない……少なくともパパの知っている言語はね。教えようとしたけど、うまくいかなかったわ。あの人の言語を習ったの？」

ハワード教授は不思議そうな顔になり、答えようとして……考えなおしたらしく、話題を変えた。

「その話はあとだ。目の前の問題を片づけないと。戦闘で怪我などしないようにおまえを逃がしたいんだが、どうすればいいだろうな」

「これはわたしの戦いでもあるのよ！　パパをいいようにつつきまわしたりするなんて、誰にも許さないんだから」

ジェーンはからかうように父親をつついた。

「まじめな話なんだ、ジェーン。おまえがいると知っていたら、こんなことは始めなかった。なんとかシンより先に駐屯地に戻って、この世界から出ていけないか？」

「無理よ。わたしを運んできた輸送船はもう離陸してしまったわ。今後の予定は知らないけど、次に立ち寄るのは何カ月も先みたいな話だった。ここでの積み荷をあちこちの銀河に届けてまわってからだから」

「ふむ……まずいな。少しトーン・ダウンしたほうがよさそうだ」と努めて軽いトーンで、「密航という手はどうかな？　おまえが無事に家に帰るまで、われわれは息をひそめている」

「冗談じゃないわ！　破壊活動をするなら二人のほうが……」

そのとき子猿がぺちゃくちゃさえずりながら枝を渡ってきて、東を指さした。

ジェーンと父親はベランダの上を急いで移動し、目を凝らした。何かが近づいているらしく、巨大な足が下生えを踏みつける音が聞こえた。樹上ではオウムやオオハシがしきりに鳴き声を上げている。

太い鉤爪と滑らかな前肢がシダの茂みをかき分け、スマトラ虎に似た巨大なネコ科の動物が姿をあらわした。背骨に沿って背中に陽光が反射し、馬に似た尾が蠅を追い払っている。キツネに似た耳にはわずかな苛立ちが感じられたが、見た感じはむしろ滑稽だ。虎は足を止め、ベランダのほうを見上げてうなり声を上げた。

ハワード教授は小さく笑い、キッチンのほうに顔を向けた。

「ティガーだ。わたしのカレーが好物でね。ゆうべおまえがボウルをきれいに舐めてしまっていなくてよかった」

近所の虎に餌をやっている父親を見ながら、ジェーンは不思議そうに尋ねた。

「前に子猿に餌をやろうとして笑われたことがあるの。ここの動物はものを食べるの、食べないの？」

「もちろん食べるとも。DNAは合成されていても、肉体構造は動物だ。ミネラルやアミノ酸を必要とする。基本的にはわれわれと同じ、炭素ベースの生物なんだ。成長のためにはタンパク質が、エネルギー源として脂肪が、光合成のためには葉緑素が必要だ。二重太陽のおかげで、エネルギーをじかに太陽光から摂取できるがね。ここの動物をちょっと調べてみれば、かならずどこかにソーラー・パネルがあるのがわかるはずだ」

教授は下にいる優美な虎にカレーをやり終え、娘の前に腰をおろした。

「おまえが飼っていたヘビのようなものだ……中学校の科学の授業でどうしても必要だと言って譲らなかったな。アマンダは月に一度の食事でじゅうぶんだった。ここでも同じだ」

「だったら、何度も見かけた草食動物の群れはどう説明するの？」

「ああ、それはまた別の話だ。草食動物本来のDNAにはリサイクルの本能がある。開けた場所で、樹木の生育を妨げるかもしれない雑草を食べるわけだ。最初の植林者にとって──今でもそうだが──樹木こそすべてだった。それ以外のすべては──人も物も──どうでもよかった」

ジェーンは全身を耳にして聞き入っており、銀色のクモが糸を伸ばして首筋に下りてくるのに気づかなかった。教授がそれを見て、クモを払いのけた。

「どうしたの?」

「ジャングルによくいるクモだ。今でも怖いのか?」

ジェーンは椅子から跳び上がり、小さなクモを踏みつぶした。

「もうたくさんよ!」

父親が話を続ける。

「虫と菌類は森の地面を〝耕す〟のに重要だ。これがあるから次の世代が成長できる。シンの傭兵たちがこの無垢な惑星をどんなに蹂躙したか見ただろう? とても我慢できない。だからおまえの愛する父親は、破壊活動に精を出すようになった。さらば〝教授〟、ようこそ〝ランボー〟だよ!」

ジェーンにはまだ確信がなかった。

「でも、パパに……いえ、わたしたちに何ができるの? 限定的なゲリラ戦くらいで、本当に相手を屈服させられる? 向こうはこの惑星の木を全部伐採するまでやめないわ。シンの目に映る木材は、黄金よりも貴重な財宝なのよ。〝貪欲を押しとどめることはできない、と大神はおっしゃった〟」

ジェーンは評議会の大物が有名な議会演説で使った言葉をまねて言った。

父親が先端を尖らせた顎髭を撫でるのを見て、「ところで、いつから髭を伸ばしはじめたの？　なかなか似合ってるじゃない」

「おまえのジャングルの友達のせいだよ、ジェーン。こうしたほうがいいらしいんだ。しょっちゅう触ってくる。理由はわからないが」

「猿の顎は毛深いからじゃない？　家族を思い出すからかしら？」

ひとしきり小声で笑ったあと、ジェーンの父親はまたハワード教授に戻り講義を続けた。

「カシオペア座複合体に金がスズよりも多量に存在する星団が発見されて以来、金は輝きを失った。最近では安価な装飾品に使われる程度だ」

ジェーンはうなずいた。「旧地球でダイヤモンドの独占が崩れたときとよく似てるわね」

ハワード教授が話を進める。「一方、ごくありふれたものが――そう、ありふれたものの比喩に使われるのはなんだったかな？」

「木よ！　〝木のようにどこにでもある〟って」

「そのとおり！　木だ。それがこの星系の最大の産品になっている。木材と木製品に対する需要は爆発的に増加しており、そのため宇宙のあちこちで狂ったような乱伐がおこなわれている」

ジェーンがすばやく応じる。「こっちにも自然、あっちにも自然。樹木のフランチャイズを作ればよかったわ」

「そういうわけにはいかないのだよ、お嬢さん。きみの母親――その魂に安らぎあれ――とわたしとで、さんざん教えたはずだ」

「ええ、わたしは〝金持ちになろう〟遺伝子を生まれたときになくしてるのよね！」

「それがここではとくに重要になる。大昔にこの惑星に植樹した誰かは、木というものをよく知っていた。この惑星の森のほとんどは旧地球でも価値の高かった硬木――マホガニー、チーク、紫檀、黒檀といった木々だ……」

「どこの誰が最初に植樹したかわかったの？」

「痕跡はほとんど残っていない。百万年かそこら前、この惑星は気温が高すぎ、酸素濃度は低すぎて、複雑な生物が居住できる環境ではなかったようだ。わたしはプレアデス文明がやったのではないかと見ている。こういうことが得意な遺伝子工学技術を持っていたからな」

ジェーンはうなずいた。「筋は通ってるわね。でも、管理人みたいなものを置いていかなかったの？」

ハワード教授はちらりと真剣な表情になった。

「いたとしても長くは生きていられなかったろう。要点はそこだな。わたしの仮説では、植樹者はこの惑星に裏の生態系を設定し、進化が勝手に進んで森林がおのずと成熟していくよう、条件を整えたのだ」

「なぜ戻ってこなかったのかは、もうわかってるわね」

「最近の銀河考古学の知見から、それははっきりしている。プレアデス文明は大気の劣化に直面し、惑星から脱出できないまま崩壊した。ボルネオ1に関する計画の内容がわかる程度に遺物のデータが復元できたのは、やっと前世紀のことだ」

ジェーンはふと思いついた。

「ねえ、座りっぱなしで身体が痛くなってきたわ。自然の中の研究室を見せてくれない?」

「そんないいものがあると思うかね?」

「言いたいことはわかるでしょ」

父娘は入口の外のポーチに出た。ハワード教授がレバーを引くと、一連の滑車と錘の力で、二人は静かにジャングルの地表に下ろされた。ジェーンはその精巧さに驚き、父親が彼女の集めたがらくたで作ってくれた仕掛けを思い出した。

「まず谷側を見てみよう。すばらしいぞ!」

子猿があらわれてついてこようとし、その前に大きな葉をちぎって日傘にした。ジェーンにはサファリ帽を手渡す——またしても。

「母さんみたいね！」

二人と一匹はジャングルの中に入っていった。ハイホー、ハイホーと歌こそ歌わなかったが、美しい朝の景色に大いに満足していた。

時間をつぶすため、またふとした拍子に気になってしかたなくなる小さな棘を取るため、ジェーンは父親にタージャクのことを尋ねた。

「それで、ジャングルのお友達はどこに行ったの？　猿たちといっしょのほうがいいのかしら？」

「ここに来てからずっと目をぎょろつかせていたのは、あの男を探しているんだとわかっていたよ」

「パパ！　不思議な動植物から成る生態系を観察するのもいいけど、そこに人間がいたとしたら、背後には何か複雑な事情があるに決まってるわ。〝科学的好奇心〟と呼んでもらいたいわね」

「むしろ〝生物的好奇心〟だろう。おまえが男と関わりを持ったのは、わたしがダイヴボールのフランカーの選手を家に連れてきて、試合前の最後の助言をしたときくらいのものだ。おまえは一時間も部屋に閉じこもって、やっと出てきたと思ったら、あのあわれな若者を家から叩き出してしまった」

「パパ、あのときわたしは……十四歳？　あれから少しは成熟したつもりよ。タージャクは単に……興味深い観察対象というだけ」

「おまえが料理を覚えたらその話も信じるさ。だが、ひとつだけいい点を突いている。あの男は大きな謎だ。そうだろう？」

「せっかく時間があるんだから、その話をしましょう」

針葉樹の巨木のそばを歩きながら、ジェーンは父親にそう提案した。

「本人のいないところで話をするのは気がひけるが、頁岩の丘から救助されたあと、どういう礼をしたかなら話してもいいだろう」

「ぜひ聞きたいわ」

「その数カ月後、わたしは数キロ東の有望そうな場所を発掘していた。作業に没頭していたとき、そばに誰かがいるのを感じた。周囲を見まわしてみたが、この老眼で今おまえがタージャクと呼んでいる男の姿をとらえるには、二度見しなくてはならなかった。そういえば、どうしてわたしは名前をつけなかったんだろうな？　〝フライディ〟と呼んでいてもよかったはずだ」

教授はその線に沿って考えつづけた。

「タージャク？　どこからつけた名前だ？　猿たちのあいだでの呼び名とはまるで似ていないが」

「わたしが考えたのよ、パパ。当然の連想でつけたんだけど、本人がうまく発音できなくて」

「当然の連想？　ター……ター？　ああ、なるほど」教授はがっかりしたというふりで、かぶりを振って見せた。「もう少しオリジナリティは出せなかったのかね？　わたしなら〝アブナー〟とか〝ロッキー〟とか……」

「話の続きは？　あの人、何をしてたの？」

「ああ、ただわたしを見ていた——じっくりとな。わたしは作業を続けた。おどかしたくなかったんだ。前回の出会いのあと、いつもどこか近くにいるのは感じていたが、姿を見ることはなかった。時間はあったから、向こうが動きだすのを待とうと思ったわけだ。

それでその日、あとになって気づいたんだが、少なくとも三頭のオランウータンを背後に従えていた」

「シークレット・サービスね」

「実のところ、まさにそれだよ！　わたしは何度か近づいてみようとしたが、十メートル以内まで接近することはできないようだった。

午後いっぱいそんなことが続いて、野営地に戻る時刻になった。わたしは食べかけの評議会標準携行食を置いて、振り返らずにその場をあとにした。翌朝、早くに目を覚ますと、できるだけ急いで現場に戻った。着いてみると食べ物は消えていて、あたりに猿と人間の足跡がたくさん残っていた」

ジェーンは話に聞き入っていたせいで、曲がりくねった道で跳ね返ってきた枝に顔を打たれそうになった。

「それで、追跡してみたの？」

「まさか。ボーイスカウト時代の訓練など役には立たんよ。作業に戻っただけだ。すぐにまた会えるという確信があったしな」

「もちろん、また会えたのね！」

「翌日の午前中なかばくらいに……護衛を連れてあらわれた。前の日と同じで、ただ見ているだけだ。わたしはまた食糧を置いていき、そんなことが数日続いた。そのあいだに距離は徐々に縮んでいって、たがいに相手がよく観察できるようになった」

ヘビのような鱗のあるリスに似た小動物が目の前にあらわれた。ジェーンたちも相手も驚いて、小動物は即座に逃げだした。子猿が石を投げ、叱りつけるように声を上げた。

「変化に気づいたのは四日めか五日めだった。いつもより落ち着きがなく、多めに汗をかいていたんだ。わたしははじめて正面から相手を見て——目を見つめ合った。向こうは反応せず、何とも奇妙だった。それで気がついたんだ」

「何に？　どういうこと？」ジェーンは一言も聞きもらすまいと身を乗り出した。

「猩紅熱《しょうこうねつ》だ。前にも見たことがあった。七歳のとき、おまえもかかったからな」

「七歳のとき？　アマゾン・カエル痘症《とうしょう》じゃなくて？」

「おまえのはそうだったな。孤立した人間が文明と接触したときに起きることを思い出したんだ。たぶん食糧を介して感染したのだろうが、相手には免疫がない！　わたしは胃がよじれるような気分で、何か手を打たなくてはと思った。さもないとあの男は死んでしまう」

「なんてこと。どうしたの？」

「ジェーン、知ってのとおり、わたしは調査に出かけるときかならず免疫更新ワクチンを打ち、各種の薬品を用意していく——評議会からの手土産という意味もあるがね。バッグをつかんで近づくと、二歩進んだところでオランウータンが目の前に立ちふさがった。

攻撃はされなかったが、明らかな警告だ。二頭はそれで満足したらしく、男を担いでジャングルに戻っていった」

「あとを追ったんでしょう？　パパならもちろんそうするはずね」

「安全な距離を取りながら、なんとか追うことができた。一キロかそこら進んだあたりの菩提樹の上に巣があった。猿たちはタージャクをその根元の地面に寝かせ、水の根を与えていた」

「あれはわたしも気に入ってるわ」

「搾《しぼ》る力もなかったようで、雌猿が面倒を見ていた……が、熱は高くなるばかりだ。何度か近づこうとしたが、オランウータンに妨害された。そんなことが夜まで続き、さらに夜じゅう続いた。

朝になると熱はさらに高くなり、猿たちが意気消沈していた。今度は近づいても妨害はなく、それどころか脇に寄って、わたしを力づけるようだった」

「タージャクの意識は?」

「かろうじてあった。意識が混濁したり、明瞭になったりしていたようだ。幸い、抗生物質に効果があるとわかっていた。おまえにも効いたんだからな!」

「覚えてるわ」ジェーンは当時の記憶に身震いした。

「投与して待っていると、夕方にはかなり回復して、わたしがわかるくらいになった。それ以来の付き合いというわけさ」

「驚くには当たらないわね!」ジェーンは笑った。

三十分ほど話ながら歩きつづけたが、暑熱は前日ほどひどくなかった。樹冠を渡る風から、前線が近づいてきて、雲が空を覆いはじめているのがわかる。ジャングルの動物たちは多かれ少なかれ、自分たちの領地を歩いていく父娘に好奇の目を向けた。

　ハワード教授が急に足を止め、ジャングルの音に混じって聞こえる異音に緊張して耳を澄ました。とくに何も聞こえなかったらしく、唇をすぼめて低くさえずり音を出す。すぐ横のバオバブの巨木からやや金属的なさえずりが返ってきた。

「だいじょうぶだ。行こう」

「警護のオウムがいるの？」

「そんなところだ。そっちにある大木に穴をあけておいたら、橙色のモリツグミが引っ越してきた。見張りにはガチョウより役に立つ。この先はだいじょうぶだ」

　見張りのいる木の前まで来ると、教授はジェーンと子猿に止まるよう合図し、蔦を編んだマットをつかんだ。力強く引っ張ると、大きな洞《うろ》が口を開けた。人間の大人が背をかがめずに入れるくらいの大きさだ。教授は松明に火をつけ、先に立って中に入った。


　伐採地域のはずれでは木材の伐り出しが進んでいた。キャタピラを装備したチェーンソーつきトラクターがマホガニーの林の中を突っ切っていき、そのあとに少人数の木こりの一団が続く。彼らの仕事は枝打ちだった。そのあと伐採機が幹を伐り倒し、丸太は製材所に運ばれて処理され、船積みを待つことになる。まだ朝早く、暑さはさほどでもなかった。気楽な表情で軽いジョークを言い合っているのを見ても、口うるさい上司がいないのを楽しんでいるのは明らかだった。

と、木々のあいだで熊とヒョウをかけ合わせたような巨獣が立ち上がり、咆哮とともに突進してきた。牙はサーベルタイガーにも引けをとらず、巨大な前肢は触れただけで人間を粉砕するだろう。警告と威嚇のため、えりまき状のソーラー・パネルを大きく広げている。苦力たちはホロ・マンガの中でさえそんな怪物を見たことがなかった。斧を取り落とし、急に明かりの灯った地下室のネズミたちのように右往左往して逃げまどう。熊ヒョウは地面に尻をつき、もう一度咆哮した。木こりたちがすぐに戻ってくることはないだろう。

近くのバオバブの樹上から、逃げていく木こりたちに向かって別の叫び声が放たれた。タージャクが枝の上に立ち、誰も残っていないことを確認する。彼は笑い声を上げながら手近な蔦をつかみ、林間地を反対側に渡っていった。手を放すと、その身体は熊ヒョウの目の前に着地した。

しばらく見つめ合ってから、熊ヒョウがそっとタージャクの肩を叩いた。タージャクは尻餅をつき、おが屑を下帯から払い落としながら立ち上がった。

「マク・ヴォー・ジュン・ガ」気にするな、と言うように笑う。「グラ・ソ・ニャ」

明らかに〝ありがとう〟を意味する言葉で、彼は熊ヒョウをジャングルに送り出した（原註　この二体のジャングルの住人はかつて争ったことがあり、そこで序列が決まったらしい。ジャングルマンが上位で、熊ヒョウがそれに従属している）。

タージャクは太い鎖を手に取り、強度を確かめた。感心した様子で、牽引車輛の運転手のようにそれをトラクターに固定する。彼がヨーデルのような声を響かせると、サイに似た二頭の動物があらわれた。二頭はまるでラバのように鎖の前に並んだ。タージャクはその首を軽く叩き、こちらにも鎖をかけてトラクターとつなげた。合図とともに鎖がぴんと張りつめる。トラクターはおもちゃの荷車のようにやすやすと動きだした。タージャクは運転席の上に飛び乗り、サイたちを鼓舞して西の崖に向かわせた。

機械というものを知らず、もちろん運転経験もないタージャクは、はじめておもちゃのトラックに触った三歳児のようにハンドルをいじくりまわした。見るからに新しい体験を楽しんでいるようで、レバーを片端から動かしている。警笛を見つけると、その音に驚いたサイたちが全速力で駆けだした。崖が迫ってくると、タージャクは鎖を止めている楔に手をかけてうずくまった。最後の瞬間に声を上げ、楔を引き抜くと同時に安全な場所に飛び移る。サイたちは鋭く左に旋回し、トラクターはそのまま崖に突っこんでいった。運転席が空中で一回転し、下の岩場に向かって落下していく。金属がつぶれる音が響き、チェーンソーがすぐにまた使われることがないのは確実になった。

タージャクは残骸の上に立ちはだかった。（ハワードが喜ぶだろう）

9　逃げ隠れ《ハイド・アウェイ》

　二つの太陽はどちらも真昼の高さにあり、ジェーンは頭上で多少とも洞窟内の空気をかきまわす間に合わせのファンをありがたく思った。

ハワード教授はごく原始的なソーラー・コンロで熱々の昼食を準備している。コンロからは電気コードが伸び、床の上を這って奥の壁の穴に消えている。隠れ家の上のほうにあるパラボラにつながっているのだろう。

　ジェーンは父親の仕事の後追いに余念がなかった。多数のDNAチャートや標本チューブが粗末なテーブルの上に散乱している。別の電気コードが父親お気に入りの電子顕微鏡から伸びていた。

「これはいつから使ってるものなの？」

　教授は料理をしながら顔を上げた。

「お母さんが五回めの結婚記念日に買ってくれたものだ。おまえがかくれんぼでわたしのデスクの下に隠れて、何度床に落としたかわからない」

「覚えてるわ。ごめんなさい……でも、どうしてサンプルを冷蔵してないの？」

「ああ、いくつかはそのために見つけた氷の洞窟に保管している。ここの生物は非生体部分が多いので、冷やしておかなくても影響が小さいんだ」

父親は鼻先に流れてきた汗を拭った。

「ここはひどく暑いが、そのうちに慣れる。長期休暇《サバティカル》を申請したときは、研究目的はごく限定的だった。おまえなら、わたしが前から〝退蔵遺伝子〟の単離の研究に興味を持っていたのを知っているだろう。この孤立した環境でそれが発現しているとすれば、ぜひ発見したかった。ところが到着してみると、ここにある研究対象はケンブリッジの研究者が六世代かけても足りないほどの代物だった。植物相は驚異的で、そこから得られる成果に比べたら、わたしのあわれな研究テーマなど見劣りするどころではない。頭がくらくらするくらい豊饒で、どこから手を着ければいいのかもわからなかった」

次の質問はジェーンがずっと答えを求めつづけているものだった。

「それで、ここの生物はいったい何なの——ロボット、アンドロイド、人造哺乳類《マンマロイド》、あるいはもっと別のもの？」

「マンマロイド？　それはいいな」ハワード教授はシチューをよそい、ジェーンはそれを平らげた。

「うん、これはゆうべのカレーよりおいしい。パパってすごいわ」

父親は小さく含み笑いして先を続けた。

「標本の変化率から時期を推測すると、ケンブリッジの銀河考古学者たちの推測とほぼ一致した。最初の植樹者たちが残していったのは、遺伝子工学で作り出された、きわめて先進的な合成DNAを備えた半意識存在、おまえの言う〝マンマロイド〟の生態系だった。炭素ベースのこの生物が繁殖し、自己修復し、適応していくことを期待したんだな。その役割は惑星を農場化し、後の世代の収穫を可能にすることだった。信じられないほど高度な進化シミュレーターによって、その道筋はすべて予定されていた。経済性のない植物が利益になる木々を圧倒してしまわないよう、草食動物も導入された。草食動物が植物を食べすぎないよう、上質な肉を食べることしか考えない肉食獣も配置された。それは惑星規模の、完璧に持続可能な生物圏に思えた。だが、そこに運命が介入した。プレアデス文明の惑星と文化が崩壊し、収穫しにくるはずの者がいなくなってしまったのだ」

教授は鍋をかきまわしながら考えをまとめた。

「そのとき驚くべきことが起きた。合成DNAが進化しはじめたのだ。生物は多様化し、変化する環境に適応した――地球上の生命と同じように。やがて酸素濃度がじゅうぶんに高くなると、全面的な進化が始まった。動物たちはもともと太陽光をエネルギーとして摂取できるよう設計されていた。理由は明白、あの二つのまぶしい太陽のせいだ。ただ、今ではタンパク質とアミノ酸がたっぷりあって、太陽光ほど効率的ではないものの、それだけでも生命を維持できる。そのため動物たちはあらゆる方角に分岐しはじめた。冷血動物から温血動物へ。全方位に走りだしたのだよ」

ジェーンは全身を耳にして聞いていた。

「それで、結局あれは何なの？　アンドロイド？　それとも動物？」

「古い分類はここでは意味をなさない。基本的に、肉食獣は過去のロボット的な形質をかなり残している。草食動物は合成ＤＮＡが安定的に進化したため、ほぼ生物と言っていい」

ジェーンは目を輝かせた。

「だから川の魚を食べて栄養を摂取できたのね」

ハワード教授はうなずいた。

「小動物でも同じだ。今おまえが食べている料理は〝カイロプテラン・ド・ヤンゴン〟と呼んでいる」

ジェーンの手からスプーンが落ち、シチューがはねて少し服にかかった。

「翼手目《カイロプテラン》？　コウモリ？　げっ！」

ジェーンが皿を流しに押しやると、父親は笑い声を上げた。

「よくこんなものを」

ハワード教授は自分のスプーンを口に運んだ。

「知らなければうまかったろう？　おまえが子供のころ、カブが食べられなかったのと同じことさ。リンゴだと思って食べればちゃんと食べられる！」

「若い娘の特権を使わせてもらうなら……恥を知りなさい」ジェーンは上機嫌で冗談を言った。「とりあえず食べるのは野菜と魚だけにするわ」

「好きにしなさい。わたしはこれを食べてしまうよ」

「食べ終わったら山ほど質問があるわ。大猿について知っていることを全部教えてもらいたいの」

「シエスタを忘れないようにな、ジェーン。おまえに言われてやってみたら、実に調子がいい。追い風を受けたみたいになる」

「はいはい、わかったわ……」ジェーンはテーブルを片づけはじめた。「ここで寝られるの？」

教授がロープを引っ張るとハンモックが下りてきた。

「使っていいぞ。起こしてやるから、寝すぎる心配も無用だ」

都会育ちの娘が揺れるハンモックになんとか横になろうと苦闘するのを眺める。

「床に寝るほうがよかったかな？」

「絶対にごめんよ」ジェーンはどうにか横になり、冗談めかして答えた。「起きたらジャングルマンの話の続きをお願いね」

一本の小川のほとりの様子はこれほどのんびりしたものではなかった。バオバブの巨木の下に急造された小屋の中に動きがある。

驚いたことに、マラケシュが柄にもなくチェスターの銃創の手当てをしていた。フローレンス・ナイチンゲールでさえこれほどやさしくはなかったろう。重傷の苦力のために水を汲み、そのまわりには数人の、チェスターの友達が集まっていた。(明らかに脱走者たちだ)

チェスターは水をいっきに飲み干そうとし、喉に詰まらせた。

「ゆっくり飲んで。せっかくお友達がわたしをここまで連れてきたのに、水にむせて窒息死したんじゃ何にもならないわ。三日のあいだ水も飲めなかったからって、一度に取り戻す必要はないのよ。最初は少しずつね」

(これがディナー・パーティの魔性の女《ファム・ファタール》とは、とても信じられない)

チェスターはなんとか水を飲もうとしたが、消耗が激しく、気を失ってしまった。

「いいわ、じゃあ銃創を見てみましょう。そこの人、傷口をわたしのほうに向けてもらえるかしら」

苦力の一人が立ち上がり、チェスターの身体をそっと傾けて、背中に光が当たるようにした。マラケシュは傷口に巻かれた包帯を静かにほどいた。前の晩に自分が治療した傷を検分する。

「悪くないわ。上々よ。あとは薬を投与しつづけるだけね。これならグリーリーにも引けをとらないわ」

薬効のある葉を当ててその上から泥を塗り、新しい包帯を巻く。

「ぐっすり眠るといいわ、おちびさん。元気になったら駐屯地に戻って、借りを返してもらいますからね」

ジェーンは金属加工の酸のにおいで目を覚ました。においをたどって、洞窟の奥の〝エレベーター〟で少し上にある別の小部屋に向かう。そこは雑な造りの作業場だった。間に合わせの煙突から煙が上がっている。中に入ると父親が何かの作業をしていた――まるで鍛治場のようだ。

驚いて見ていると、父親は溶けた金属を粘土の型に流しこみ、鏃《やじり》のようなものを作っていた。すでにかなりの数が完成している。原始的な武器で武装して、戦いに備えているようだった。

背後の壁にはさまざまな弓がかけてある。

ジェーンが口を開いた。

「じゃあ、とうとう自分の情熱に目覚めたってわけね。パパは昔から古い騎士物語が好きだったもの。何になったつもり？　アーサー王の鍛冶屋？」

「やあ、よく眠っていたので起こせなかったんだ。ここでやることがたくさんあったしね。原始的だということは認めるが、ほかにどんな武器がある？　わたしの目的は研究で――狩猟ではなかった。反撃するには武力が必要なんだ」

ジェーンは冷笑した。「こんな武器で自動小銃に対抗できるわけがないでしょ」

「見たら驚くだろうな。きっと驚く。ところで、狭くてすまない。炉の煙を自然に排気して目立たないようにするには、これしかなかったものだから」

「じゃあ、パパにひとついいことを教えてあげるわ。わたしが乗ってきた輸送船は、シンが求めていた苦力の交代要員を積んでくるのを拒否したの。これはちょっと有利に働くんじゃない？」

「ちょっとどころではないよ。さまざまな証拠から、脱走する働き蜂がかなりの数にのぼっているようなんだ。人数でも武装でも向こうを上まわっているかもしれない。ただ、まだ決定的な一点には達していない」

「決定的な一点？」

「わたしを追跡すると同時に脱走した苦力たちを遠ざけておくには、傭兵の数が足りないという一点だ。そのときこそ蜂起して、シンを打倒する。増援の到着が遅れるほど、やつをこの惑星から追い出すチャンスは大きくなるわけだ！」

ジェーンは父親の肩を軽く叩いて支持を表明し、教授は作業に戻った。

ジェーンは壁にかけられたさまざまな弓に目を向けた。

「どうしてこんなにいろいろな弓があるの？」

教授は自分の作品に誇らしげな視線を向けた。

「何日にもわたる試行錯誤の軌跡だよ」

炉の前から腰を上げ、弓をひとつひとつ手に取っていく。まるでティファニーの万年筆を愛でるような手つきだった。

「見なさい。これは最初に作ったもので、十五世紀の地球、イングランドで使われた長弓だ。ここから西にある平原で、シャーウッドの森に生えていたのとよく似たイチイの木の一種を見つけてね」

ジェーンはその弓を引いてみようとしたが、うまくいかなかった。「大きすぎない？」

「ああ、それが問題だ。打撃力は強大で、一部の敵の装甲さえ貫通できるほどだが、樹木の生い茂ったジャングルでは扱いにくすぎる」別の弓を手に取り、ジェーンに見せる。「そこで次はこれを作ってみた。コマンチ族がバッファロー狩りに使った弓をできるかぎり再現したものだ」

「威力はあるの？」

「騎兵隊タイプの攻撃には適しているし、短時間で多数の矢を射ることができるが……火力としてはやや物足りないな」

教授は完成した一本の矢を手に取った。

「いちばんうまくいったのは、実を言うとこれだ。ここで発見したヒッコリーの一種が、矢に最適の硬木だったのだよ。それとイチイを組み合わせると最高の矢ができあがった。前半分に硬木を、うしろ半分にやや柔らかい木を使うのがコツでな。この出来には満足している。スポーツクラブのアーチェリーでは、スチール製の矢に移行する前、こういう木の矢を使っていたんだ。

さらにここの頁岩は槍先形鏃を作るのにちょうどよかった。金属鏃を作るだけの鉄を製錬できなかった場合の代用品として考えていたんだが。そこらを飛びまわっている猛禽の羽根はしょっちゅう抜け替わるから、矢羽根にはそれを使った」

ジェーンは父の手作業に敬意を払い、うやうやしく矢を検分した。

「たいしたものだわ。でも、弓のほうはまだ完全じゃないのね」少し考えて、「弩《いしゆみ》はどう？　殺傷力がすごいって聞くけど」

ハワード教授は舌を鳴らした。

「作ろうとはしたんだ——そこに試作品がある。だが、その技術はわたしの手に余るものだった」

「だとすると、どうなるの？　パパが長弓で岩の上から攻撃し、わたしがバッファロー狩りの弓で森の中から狙い撃つのかしら」

教授はやや得意そうな顔になった。

「実のところ、問題は解決している。これだよ」

教授が布をめくると、何か白っぽい素材でできた巨大な弓があらわれた。

ジェーンでは持ち上げるだけで精いっぱいだろう。

「すごいけど、何なの？　戦車の砲塔でも貫通できそうではあっても、パパにはとても扱えないでしょ？　これを引くにはスーパーヒーローなみの力がいるわ」

「わかっている。そのために作ったんだ——おまえのうしろにいる男のためにね」

ジェーンがはっとして振り向くと……タージャクが満面の笑みを浮かべて立っていた。

タージャクは堂々たる足取りで彼女の横を通り過ぎ、教授から大弓を受け取った。弦を張るために弓を曲げると筋肉が波打つ。彼は弦を張った大弓を誇らしげに眺め、何度か引いてみてからこう言った。「ハ・ワード。おれ、今、射る」

ジェーンは驚いて椅子から跳び上がった。「しゃべれるんじゃない、いい！」

ハワード教授は小さく笑った。

「もちろんだ。呑みこみが早くてな。わたしが向こうの言葉を覚えるよりずっと早くしゃべれるようになった」

ジェーンはタージャクに向きなおった。からかわれていたことに気づいたのだ。

「ずっとわたしの言ってることがわからないふりをしてたのね！　そうやってばかにしてたんでしょ。なんてやつなの！　鈍感なのは遺伝のせいなのかしら？」

そこで彼女は二人の共犯関係の深さに思い至った。

「ちょっと待って。二人はいつから知り合いなの？　パパも一枚嚙んでいたんでしょ？　わたしをこんなふうに誘導して……」

教授は娘のとまどいを大いに楽しんでいた。

「事前に話し合って計画したわけではないよ。おまえは固定観念に縛られていた──自分のような毛並みのいい、大学教育を受けた女の理解力と知性が、原始人に劣るはずがないと思っていた。博士号を持っているなら、結論に飛びつくべきではないことくらいわかっていなくては。とにかく、わたしたちは何カ月もかけて言葉と文化を教え合ってきた──熱病が治った直後から。この男は知識に飢えていたんだ。そうだろう、きみ？」

「ハ・ワードが教えて、おれが学ぶ」

「できすぎだわ」ジェーンはひとりごちた。

教授はさらに話を続けた。

「最初は確かに緊張していたが、どちらも好奇心が旺盛だったので、すぐに打ち解けていい飲み友達になった。オランウータンたちはわたしを父親のようなものだと思っているらしい」

「でも、わたしは一言もしゃべらせることができなかったわ！」

ジェーンの失望はなかば薄れかけていた。

「おまえが女だから、やや気後れしたのだろう……何しろ女性を見たのははじめてだったわけだからな！」父親は笑いながらタージャクの背中を叩いた。「そうだろう、きみ？」

タージャクはやや疎外された気分だったようで、その機会をとらえて尋ねた。

「どういう意味か……〝気後れ〟とは？」

ジェーンは説明しようとして、自分自身が同じ気分になっていることに気づいた。

「それは、つまり……もう、パパが話して！」

父親は教授としてものを教える姿勢を取った。

「顔が赤くなり、舌が膨れ上がってしゃべれなくなることだ」

タージャクは考えて、理解したようだった。「ああ、射日病のようなものか」

ジェーンは喜んでまた口をはさんだ。

「それを言うなら日射病だけど、別にいいわ。ところでパパ、オランウータンは何度も話に出てきたけど、この人といっしょにいた大猿たちは明らかにオランウータンじゃなかったわ」

「もう気づいていると思うが、われらが友タージャクはどうやら本物の〝ジャングルの王者〟といっていいらしい。猿もヒョウも熊も象も、ほとんどが言うことを聞くようなのだ。

だが、やはりほかの大型霊長類といるときがいちばん落ち着くようだがね」

タージャクは二人の会話よりも、周囲の武器のほうに興味があるようだった。教授もそのことに気づいた。

「だがまあ、その話はあとにしよう。当面の問題が先だ。まず、わたしが作った改良型を見てもらおうか」

教授は布の下からさらに別の大弓を取り出した。さっきのものよりも明らかに進歩している。彼はそれをタージャクに手渡した。

「さあ、これを引いてみてくれ」

タージャクは巨大な弓を片手で受け取り、簡単に弦を張った。器用な手つきで矢をつがえ、向きを変えると、洞窟の窓から百メートルほど離れた針葉樹の巨木に射かける。

矢はホイッスルにも似た風切り音をさせ、信じられないほどの速度で飛んでいくと、幹のまん中に命中した。(いや、幹に突き刺さった!)

矢羽根だけが木から突き出しているのを見て、ジェーンと父親は感嘆することしかできなかった。

「とんでもないわね」

ハワード教授は自分の工芸の腕前と……弟子の腕前に鼻高々だった。

「これならいけるぞ」

タージャクから弓を受け取り、娘に見せる。

「この材質がわかるかね。象に似た動物の角で作ったんだ」

「いっしょに背中に乗ったわね。もう忘れた？」

「ああ、そうだった。忘れてはいないよ。どこまで話したかな？　そうそう、タージャクが象の墓場に連れていってくれて、そこで角を何本か発掘したとき閃いたんだ。タージャクならもっと強い弓が引けるだろうとね。そこで思いついたのが、角の随を抜いて、代わりにここで発見した一種のゴムの木の樹液を満たしてはどうかってことだった」

「うまくいったわけね」ジェーンが微笑する。

タージャクがうなずいた。

「うまくいった。タージャクは木を殺す連中を射殺す」

「腹が減っては戦はできぬよ。パパ、このヘルクレスにおいしい鱒をもっと食べさせてあげたら？」

タージャクが顔を上げた。

「ヘル・クレ・レー？　誰のことだ？」

ジェーンは正しい発音を教えた。

「誰かって？　もう覚えた？　気にしなくていいわ。つまらないジョークよ。さあ、魚をどう？」

10　働く男は死んだ《ワーキング・マンズ・デッド》

　すでにさほど遠くないところを、軍隊アリのような伐採部隊が海に向かって進みつづけていた。通ったあとには草木一本残っていない。前方には手つかずの処女林が広がり、雪を頂いた山脈がだんだんと近づいてきていた。風が強まり、集まりはじめた雲が、これまでもときおり侵入者を悩ませてきた嵐の接近を告げていた。

　シンは空を見上げ、無言で悪態をついた。遅れは利益の減少を意味し、それが彼の暗い心に巣くう悪魔を呼び覚ます。今日はちょっとした気晴らしを用意していた。それを見れば作業員たちも、遅延という選択肢が存在しないことを思い知るだろう。

　監視者たちが苦力を二人、蹴ったり怒鳴ったりしながら虎の檻の前に引きずってくる。檻は懲罰場の粘土の地面になかば埋められ、アンカーで固定された金属の箱だった。太い金属の棒が波形鉄板の屋根を支え、独房というよりオーブンに近い。そんな檻が二メートル間隔で十個並び、そのうしろには低いコンクリートの壁があった。

　正午が近い今、午後のあいだだけでもそのサディスティックな檻の中で過ごすなど、考えただけでパニックと懇願を引き起こす。作業員全員が〝処罰を見学しろ〟と命じられていて、誰もが不安そうに注視していた。

拷問の場を見下ろす小さな演台の上に立って、シンが部下に指示を出した。

「このつまらん臆病者どもは、きのう破壊活動があったとき、背を向けて逃げ出そうとした。動物園の見せ物みたいなやつや老いぼれに立ち向かうより、わたしの怒りに向き合うほうが恐ろしいということを肝に銘じるがいい！」

シンは言葉を切り、自分が呼び起こした恐怖を堪能した。

「作業状況はスケジュールから大きく遅れている！　追いつくまで、一日二時間の超過作業をおこなってもらう。それでも進捗《しんちょく》が見られなければ——もっと多くの者たちがこの虎の檻に投げこまれることになる！」

シンは警備員に合図した。不運な苦力二人が檻に蹴りこまれ、金属の格子が閉じた。慈悲を懇願する悲鳴は、シンの次の命令をかき消すほどだった。

「ほかの者たちは作業に戻れ！」

監視者たちが鞭を振るって苦力を追い立て、群衆は狂ったように駆けだして仕事に戻っていった。

シンは冷笑し、向きを変えて小さな司令小屋に入った。腹心四人が同行する。その中にはグラヴィスとモグールもいた。

中に入ると、シンは地図を広げたテーブルの反対側に全員がそろうのを待った。

「よし、もうたくさんだ！　今度はこちらが攻撃に出る。作業の遅れの背後にハワードがいることははっきりしているんだ。娘も合流したようだが、それはどうでもいい。むしろ問題は、どこからともなくあらわれた怪人、猿人間が敵についていることだ。あいつがいちばん厄介だ！」

シンは小屋の中を歩きまわり、乗馬用鞭を腿に打ちつけた——強く。

「あの男の無力化は不可欠だ。グラヴィスと計画を話し合った。おまえたちにも協力してもらう。猿人間を週末までには排除するんだ。わかったな！」

シンは足音荒く出ていき、グラヴィスが詳細を説明した。


緑のジャングルが広がる大陸の反対側では、巨大な台風がまさに上陸しようとしていた。ヤシや菩提樹の木々が、まるでバランスのずれた扇風機の羽根のように激しく揺れている。暗灰色の雲が空を覆い、息を呑むような速度で内陸に流れていく。太陽光に依存するボルネオ1の生物にとって、いい日とは呼べそうになかった。動物たちはほとんどが巣や木の洞《うろ》の中に引きこもり、嵐に備えていた。

樹上のツリーハウスでは、タージャックがちょうどドアを補強していたハワード父娘に挨捗したところだった。二人の作業を見たタージャクはそのままいなくなった。

「〝やあ〟も〝行かないと〟も何もなし。どこに行ったの？」とジェーン。

「今朝この作業を見たあと、窓を覆う材料を持ってきてくれている」

「あら、いったい何時に起きてるのかしら？」

「ああ、それはわれわれのちょっとした儀式でね。毎朝夜明けに会っているんだ。タージャクが夜をここで過ごしたときも、〝家〟と呼んでいる場所に帰ったときも。いっしょに小川まで行って……毛繕いをするのさ」

教授は〝毛繕い〟という言葉を強調した。

「毛繕い！　具体的には何をするの？」

「それが奇妙なんだよ、ジェーン。あの男、わたしが顎髭の手入れをするのを見るのが大好きなんだ。このぶざまな顎髭を伸ばしはじめて以来、すっかり魅了されているようだ」

「ぶざまじゃないわ。もっと目立つようになっただけ」ジェーンはからかうように言い、父親の顎の下を撫でた。「どこがいいのか訊いてみれば？」

「訊いてみたが、いつも笑みを浮かべてわたしの顎を撫でるだけなんだ。おまえならわかるかもしれないな。人類学者なんだから。似たような趣向を持った銀河種族に心当たりはないか？」

「ないわ。ああいうのはわたしもはじめてよ」

タージャクがふたたび華々しく入ってきて会話を中断させた。腕いっぱいに抱えた補強材を教授の足もとに下ろし、ジェーンに笑みを向ける。

「来い。食べ物を取りにいく。ヤムイモ」

ジェーンは少しためらった。

「今から？　雨が近づいてるのがわからない？　ずぶ濡れになるわ」

ハワード教授が小さく笑う。

「われらがジャングルの友は、雨のときこそ果実や食料を集めるのに都合がいいとわかっているのさ。競合する動物たちが巣に引きこもって太陽が出るのを待っているからな。行ってきたほうがいい。カナダ旅行に行った十二歳のときも、おまえは閉所性発熱を起こしやすかった」

「ええ、ドライブ中にブリザードに遭って、電気も水道もない丸太小屋で一週間過ごさなくちゃならなかったときね。お尻が凍りそうになったわ！」

タージャクがジェーンの腕をつかみ、濡れたレインコートでも扱うように無造作に肩に担いだ。警告の叫びを上げながら戸口から飛び出し、蔦をつかんでジャングルを突っ切っていく。ジェーンは恐怖の悲鳴を上げたが、タージャクが三本めの蔦をつかむころには、巨漢は自分のしていることを心得ていると確信できた。彼女は落ち着いてこの冒険を楽しむことにした。

とはいえ、五十キロほどの荷重が背中にかかっていては、タージャクでさえ疲労を覚えるようだ。岩棚の上に着地し、荷物を下ろす。不思議なことに、ジェーンが自分の足で立ってもなお、タージャクは背中に彼女の感触を覚えつづけているようだった。ジェーンの香りが落ち着きを失わせたのかもしれない。

ジェーンも冷たいシャワーを浴びたいと思っていたが、そこに最初の驟雨《しゅうう》が襲ってきた。

「ちょうどよかったわ」ジェーンは小声で雨を歓迎した。

タージャクはオランウータンも使っていた大きな葉をむしり取って傘にした。一枚はジェーンに手渡し、使いかたを実演して見せた。

「とてもスタイリッシュね」ジェーンが皮肉っぽく言う。

「とても濡れない」実用一辺倒の現地人が答えた。

採取にかかる前にタージャクはナイフを取り出した。教授からのプレゼントに違いない。そのナイフで手早く蔦を切り取り、籠を編んでいく。大柄な男の器用さにジェーンは舌を巻いた。たちまち大きな籠が二つ完成する。男はひとつをジェーンに渡し、もうひとつを自分で持った。先に立ってサゴヤシの木に近づき、実を切り落として籠に入れていく。さらに葉も切り落とし、同じように籠に入れた。

ジェーンはサゴヤシが火星3の麻の近縁種で、多くの未開部族がその葉の繊維を織って布にすることを思い出した。茸が生えているのを見つけ、手に取って調べていると、タージャクが注意した。「よくない。あっちのを」指さされたほうに目を向けると、朽ち木の下に椎茸に似た大きな茸がいくつか生えていた。シチューにしたときの味が想像できそうなくらいだった。

雨が激しさを増し、空がいよいよ暗くなってきた。タージャクがすぐ南にある岩陰で雨宿りをしようと提案する。本人は濡れた岩を難なく登っていくが、ジェーンはそこまで器用ではなかった。タージャクが彼女の手を握り、二人は岩の亀裂を目指した。

と、タージャクが動きを止め、ジェーンに止まれと合図した。前方の岩陰から声がする。二人は音を立てないようにゆっくりと前進した。もっとも、風の音がひどくて気づかれる心配はなかったが。

鋭く尖った岩の向こうを覗くと、数人の男たちの姿が見えた。明らかに脱走した苦力らしい者たちが木を集め、火を熾《おこ》そうとしているようだ。その向こうの小さな洞窟の入口から煙が漂ってきていることに、まずタージャクが気づいた。二人は苦力たちが作業を終え、洞窟の中に消えるのを待った。

「あれは誰か？」

ジェーンなら知っているはずだと言わんばかりにタージャクが尋ねた。

ジェーンにできるのは推測だけだった。

「わからないけど、シンの苦力の一部が罰を受けないように、あるいは単にいじめに耐えられなくなって、逃げ出したんじゃないかしら。無理もないわ。逃げた奴隷のほうがつかまった奴隷よりましだもの」

「奴隷、なに？」

「奴隷とは何か、よ」ジェーンが表現を手なおしする。「ほかの人間に所有されて、その人に言われるままになる人のこと——何も訊かずに命令に従うの」

「どうしてそんなことをするのか？」

ジェーンには主人のことを言っているのか奴隷のことを言っているのかわからなかった。だから両方に答えることにする。

「主人のほうは、それでお金と権力が手に入るから。奴隷のほうは、ほかにどうしようもないから」

「おれなら逃げる。誰もタージャクを奴隷にできない！」

「わかってるわ。わたしがあそこに話をしにいったら、守ってくれる？」

「守る。ハ・ワードは〝ジェーンを守れ〟と言った。だから守る」

ジェーンは洞窟の入口に立ち、声をかけた。「こんにちは！　話があるの」

返事がないので、二人は慎重に中に入った。焚き火が洞内を照らして、不気味さがいや増している。奥の壁際に怯えきった苦力五人が固まっているのが見えた。棒きれを握って、なんとか勇敢そうに見せようとしている。

相手から見れば数カ月ぶりの女性、それも非常に魅力的な女性と、睨んだだけで全員を叩き伏せられそうに思える巨漢のジャングルマンだ。

(震えている苦力たちに、二人は夢の中からあらわれた精霊と映っただろう)

ジェーンは対話を試みた。

「あなたたちに何かする気はないわ。台風をやり過ごしたいだけよ。雨が上がったらすぐに出ていくわ。食べ物もあるから、いっしょにいかが?」

苦力たちは顔を見合わせ、リーダーが前に進み出るのを待った。食べ物という言葉に一人が笑みを見せ、前に出てきた。嬉しさに圧倒されそうになっている。

「よ、ようこそ」

見ると彼らは何も入っていない粥のようなものを煮ていた。ジェーンは味わいを加えられるよう、椎茸《しいたけ》を取り出した。

11 頭蓋骨と薔薇《スカル・アンド・ローズイズ》

翌日の午前中なかば、ジェーンはすでに父親に〝新人〟たちを紹介していた。教授は最初のうち抵抗部隊の創設を渋っていたが、父親に対してジェーンの強い主張が通らなかったことはなく、その日も例外ではなかった。

「どうなのかな、ジェーン。一度は脱走した者たちだ。どうして頼りにできる？」

「事実上の奴隷状態から逃げ出すのは〝脱走〟じゃないわ。あの人たちは追いつめられていた。戻ることもできないし、ここで生き延びることもできなかったはずよ」

「絶望は戦う力になるということか……わかったよ、ジェーン。ハワード軍曹は命令を受領した。あの新兵どもを即刻一人前に鍛え上げなくてはならないな」

教授はきびきびと敬礼し、みすぼらしい隊員たちを集めにいった。

午後遅くになると、新たに創設されたゲリラ部隊は新居の内装を整え、食糧と燃料を集め、これがいちばん重要だが、全体にカムフラージュを施した。人数が増えたら簡単にシンに見つかってしまうと考えた教授が、作業場から見て峡谷の反対側にある別の洞窟に部隊の本拠を設置することにしたのだ。

「調理の火はできるだけ小さくしろ。いちばん発見されやすいのは煙だからな。歩哨は立てたか？」

一人があたりでいちばん高い松の木の上を指さした。そのてっぺんから別の一人が手を振った。

「よし、それでいい」（教授は大いに楽しんでいた）

洗濯を終えたジェーンは、いつもの子猿が下でいたずらのネタを探しているのに目を止めた。オランウータンにも、もっと大柄な大猿にも子供はたくさんいて、ダイヴボールのヒーローのあとをついて歩く子供たちのようにタージャクのあとをついてジャングルを歩きまわっていたが、額の毛が白いあの子猿はとりわけ熱心だった。

今日のジェーンは考えていることがあったので、子猿を驚かせないようにしながら急いで下に降りていった。〝お兄ちゃん〟にはとてもなついている子猿だが、ほかの〝裸の猿〟たちにはあまり関心がないようだ。

地上に下りたジェーンは怯えて見えないよう、また親しげに見えるよう、子猿のそばにしゃがみこんだ——基本的には子犬を相手にするときと同じ方法だ。棒にさしたヤムイモを差し出し、声をかける。

「いい子ね。おいで。おいしいヤムイモがあるわ。一度食べてみない？」

子猿は興味を示したが、食べる気はなさそうだ。

「ほら、おいで」ジェーンはやや不満げだ。「こっちにいらっしゃい、おちびさん」

大きな笑みを浮かべ、ヤムイモを地面に置いて、ママのところにおいでと言うように両腕を広げる。これは効果を発揮し、子猿は慎重に近づいてくると、彼女の前にしゃがみこんだ。ジェーンもヨガをするように両脚を組んで座った。何年か前にヨガのクラスを取っておいてよかった。

「それでいいわ。さて、しょっちゅうここをうろついているんだから、名前がいるわわ。タージャクがあなたを呼ぶときの名前は発音できないから、新しいのをつけてあげる」

子猿は〝この奇妙な人間は何をしているんだ〟というふうに首をかしげた。

「じゃあ、いくつか挙げていくから、気に入ったのがあったら教えて。行くわよ。〝クラレンス〟？」

反応なし。

「〝バークリー〟？　〝ランスロット〟？　〝ウィルバー〟？　〝シドニー〟ならどう？」

やはり反応はない。ジェーンは唇をすぼめ、頭の中のホロデッキに記録された親戚や友人の名前を片端から思い浮かべた。だがすぐにかぶりを振る。こんなことをしても無駄だ。

と、そのとき閃くものがあった。

「そうか！　もちろんよ。これしかないわ。ずっと目の前にあったのに」

ジェーンは居ずまいを正し、宇宙の女王のように最高の声で宣言した。

「あなたの名前は〝ボーイ〟とします！」

同時にチェロキー族の手話で〝ボーイ〟を意味する手ぶりをする。彼女の勢いに気おされたのか、子猿も同じ手ぶりを返した——決まりだ。この子は〝ボーイ〟だ！

立ち上がりながら、ジェーンは胸の内でつぶやいた。

やりかけたことは最後まで。ありがとう、バロウズさん。


そのあいだもハワード教授は新兵たちにボルネオ1での戦闘の基礎を教えこんでいた。蔦を編んで大きな的を作り、そこに刷毛で赤い円を描く。苦力たちは二十歩離れて一列に並び、それぞれが異なる種類の弓を手にして、帯に数本の矢を挿した。弓の握りかたと矢のつがえかた、弓のどちら側に矢を当てるかなどは、すでに教えてある。

「よし、ではやってみよう。こういう具合だ！」

長弓を構え、的のまん中を射抜く。苦力たちは目を瞠《みは》った。

「きみたちの番だ。同じようにやればいい。用意……」

教授の矢がふたたび的のまん中を射抜いた。苦力たちの狙いはそこまで正確ではなかった。一人は矢をつがえそこね、弦が腕の内側に当たって醜いみみず腫れを作った。男の悲鳴で鳩がいっせいに飛び立った。

別の一人が放った矢は木の枝に跳ね返り、もう一人の矢はあさっての方角に飛んでいった。最後の一人の矢は調理場でユッカの皮を剝いていた仲間の頭のそばをかすめた。

（このままではハワード教授の予想する時期に間に合わないかもしれない）

樹上のツリーハウスではジェーンがシャワーを浴びて洗濯を終え、家事をできるかぎり済ませて軽い食事を摂っていた。父親の合図の口笛を聞き、ベランダに出ていく。

「行くぞ、ジェーン。時間が惜しい」

「どういうこと？　まだ仕事があるのよ。本当に戦争に出かけるなら、わたしにも準備があるし」

「それはまだだ。新兵たちの腕が期待したほどではなくてな。だが、びっくりすることがあるぞ。まだおまえが抱えこんでいる疑問を解決してくれるかもしれない。戦闘になったら、おまえはありったけの知恵を振りしぼる必要がある。おいで」

ジェーンは問うような視線を投げ、ベランダから身を躍らせた。もちろんタージャクの蔦が下がっていて、彼女はジャングルマンに劣らない器用さで地上に降り立った。

「ほう、すごいな。あまり野性的になりすぎないでくれよ！」

「だいじょうぶよ、パパ。あの人がネアンデルタール人みたいにわたしを肩に担ぐのをやめさせたいだけだから」ジェーンは父親が講義を開始しようとするのを感じた。「わかってるってば。ネアンデルタール人はわたしたちホモ・サピエンスより脳が大きくて、最初に考えられていたような粗野な野蛮人じゃないって言うんでしょ」

父親が口をはさむ前に、急いで付け加える。

「ええ、今の人類の中にネアンデルタール人の遺伝子が入っているとパパが考えていることも知ってるわ」

そこでふと考える。

急にブラックベレーみたいなことを始めたのも、その遺伝子のせいじゃないのかしら。

「どうかしたかね？」

「何でもないわ。行きましょう！」

ジェーンは周囲を見まわした。

「ところで、われらがブロンズの自由の戦士はどこ？」

「鍛造の手伝いをしてもらっていたが、今はシンの手下が近くに来ていないか、偵察に行っている。二時間ほど戻らないだろう」

奔流の音と奇妙な蛙の鳴き声に満ちた川を越え、岩だらけの危険な溶岩流を突っ切り、三十分以上も進みつづける。

汗を拭い、ヒルに食いつかれていないか調べながら、ジェーンが尋ねた。

「ちょっと、パパ、どこに何をしに行くのか教えてくれない？」

「サプライズを台なしにしろって？　冗談じゃない。もうすぐそこだよ」

「葉っぱがトリュフに変異したココアの木を発見したならいいんだけど！」

濃密なジャングルの中をさらに数分進むと、道が少し開けてきたように思えた。歩くのがずっと楽になり、新たに生えてきた植物が目につく。誰かが以前に収穫したということだろうか？

大きな岩をまわりこむと、それが目の前に広がった。ジェーンはぴたりと足を止め、明らかに大爆発の痕跡と思える散乱した残骸を眺めた。どちらを向いてもねじれた金属片に蔓草が絡みつき、花を咲かせている。

大きな残骸のピンクがかった色合いは何かしら？

「パパ、なんなのこれは？」

「〝種の起源〟だよ。われらが共犯者がこの惑星にやってきた方法は、間違いなくこれだろう」

「いつごろのものなの？　ほかの人たちは？　まさかタージャク一人で飛んできたわけじ

ゃないでしょ？」

「蔓草の生長の具合から見て、三十年ほど前のものだと思える。近くに若返りの泉があるとでもいうのでないかぎり、着いたときは赤ん坊だったはずだ。詳しい描写は省くが、七十体以上の人間の男女の遺体を発見した。あそこのスズカケノキの下に埋葬してある」

「赤ん坊がどうやって生き延びたの？」閃くものがあった。「ちょっと待って、まさしくターザンじゃない！」昔の映画のナレーターをまねて、「〝深宇宙のターザン――彼はバッテリー駆動の猿型マシンに育てられた〟って、まるでB級映画ね。でもクールだわ！」

「確実なことは言えないが、ほかに説明がつかないだろう。食糧貯蔵庫らしいものもあって、さほどひどい損傷は見られなかった。猿たちが赤ん坊を育てたとすると、最初は人間の食物を与え、徐々に現地の食糧に適応させることができたはずだ」

「バナナを食べていればだいじょうぶだったのかもしれないわ！　ほかには何か見つけた？　どこから来たのかとか、何か手がかりは？」

「敬意を払って、できるだけ手を着けていない。遺骨を埋葬しただけだ。この恐怖の戦争が終わったら、おまえとターザン……失礼、タージャクで、ここを整理することもできるだろう。本人にはまだ見せていない。何があっても対応できるだけの意思疎通を確立してからと思ってな」

そのころそのすぐ近くでは、六台のハーフ・トラックが幌を下ろして埃っぽい道を進んでいた。目的地は一・五キロほど先のジャングルだ。よく見ればグラヴィスが先頭の車輛に乗っているのがわかる。T字路に差しかかると半数は右に、半数は左に曲がった。土煙がものすごく、最後の一台は曲がり角を見落として巨大な蟻塚を破壊した。なんとか次の蟻塚はよけたものの、幌のかかっていない車内に白アリが降り注いだ。運転手は白アリを叩きつぶしながら悪態をつき、どうにか態勢を立てなおすと、車列の最後尾に追いついていった。

別の場所ではタージャクが山上の斥候を終え、昼食を探していた。ボーイと名づけられた子猿が彼を見つけ、いっしょに狩りをしている。子猿は手ぶりと声で猿の言葉の〝若い雄〟と言いつづけていたが、タージャクは昼食を狙うのに夢中で、その理由を質《ただ》そうとしなかった。タージャクの手にはコマンチ族の小弓と矢筒があった。音もなく下生えの中を移動し、木々の頂きを見上げる。

狩りの修行中のボーイが木に駆け上がろうとするのを、タージャクが制止した。

「しいっ。ジェーンは魚が飽きた。鳥が食べたい。だから捕まえる」

ボーイはわかったと言うようにうなずいた。両者はさらに森の奥へと進んでいく。チャンスは何度かあったものの、タージャクが狙い撃つ前に落ち着きのない子猿が獲物を驚かせ、逃がしてしまう。落ち着いた兄のタージャックは子猿のしたいようにさせていたが――腹の虫は盛大に鳴きはじめていた！

タージャックが急に足を止め、子猿に動くなと警告した。子猿は言われたとおりにし、彼にとってのヒーローである人間が何を見つけたのかと顔を上げた。

タージャックは音もなく弓を上げ、矢をつがえた。今回は子猿もじっと静かに見つめている。新たな技能を学ぶ機会なのか？

子猿は矢を見つめた。鳥を捕るため、先端は丸くなっている。と、七面鳥とコンドルが交雑したような大きな鳥が遠い木の枝から飛び立った。

タージャックは鳥が森の上空に出るまで待ち、矢を放った。矢は鈍い音を立てて命中し、鳥は空から一直線に落下してきた。衝撃で飛び散った大きな羽根がそのあとからひらひらと落ちてくる。

タージャックの脳裏に奇妙な考えが浮かんだ――今まで考えたこともなかったことだ。人間の本能が目覚め、あの美しい尾羽根はジェーンの気に入るのではないかと思ったのだ。なぜそう思ったのか、自分でもよくわからない。食糧と家以外のものを渡したいと思った理由もだ。それでも彼は〝鳥の羽根をジェーンに渡すこと〟と頭の隅にメモした。

子猿をまるで猟犬のように、獲物の鳥の確保に走らせる。隠れていた屍肉漁りに獲物を横取りされないよう、タージャク自身も駆けだした。

太い木の幹をまわりこんだとき、彼の意識は子猿に集中していた。足が地面の草のあいだに張ってあった罠のロープを踏んだ。

大きな網が横から飛んできて彼をとらえ、まわりこんだばかりの菩提樹の上に跳ね上がった。とても逃げられそうにない。ナイフを抜こうにも、網にがんじがらめにされていて動けなかった。身をよじるのが精いっぱいだ。もがいているとサイレンが鳴りはじめた。

あたりに残っていたわずかな動物たちも、耳障りな音を聞くと、羽ばたきや鳴き声や吠え声とともに逃げていった。何が起きたのかとボーイがあわてて戻ってきた。網の中でもがいているタージャクを見て、急いで菩提樹に登り、網に飛びつく。なんとかしがみついて網の上に登り、タージャクを助けようとするのだが、タージャクのほうは腰布に挿したナイフに手を伸ばすのがますます難しくなっただけだった。ボーイはきいきいと鳴きながら外から網を引っ張り、タージャクは中でもがきつづける。

と、人声と足音が森の中から聞こえてきた――それが徐々に大きくなる。

タージャクは時間がないことを悟り、ボーイに向かって叫んだ。

「まずい。ハ・ワードを見つけろ。ジェーンを見つけろ。シシュリク！」

罠を仕掛けた人間の姿が見えてくると、子猿は了解し、姿を消した。

先頭に立っているのはほかならぬグラヴィスだった。邪悪な笑みがサディスティックな表情に変わり、男たちは捕らえたジャングルマンを棒でつついた。自分の顎を破壊した相手を前にしたグラヴィスはとりわけ乱暴で、タージャクをつついて血を流させた。

タージャクは抵抗できず、大きく咆哮したあとおとなしくなった。ハンターたちが網ごとタージャクを縛り上げると、ハーフ・トラックが藪を踏みしだいてあらわれた。ハンターの一人がウィンチを使って捕虜を荷台に載せた。

六台のハーフ・トラックは再集合し、シンのいる拠点に戻りはじめた。二台めの後部に凶暴なハンモックのように網が縛りつけられ、車が揺れるたびにねじれたり転がったりしている。監視者たちはビールを開け、大いに楽しんでいた。

「今から褒美が楽しみだぜ」先頭車輛の運転手が叫んだ。

「捕獲したチームには千ダカット、ほかのチームにも五百ずつだからな！　そういう約束だ！」

「おれは全額ラム酒に使うぞ！」

別の一人が叫び、隊列は木々が伐採されてよく見えるようになった地平線の向こうへと消えていった。

12 バケツの中の地獄《ヘル・イン・ア・バケット》

泡を食って木々を渡り、ツリーハウスに飛びこんだボーイはあたりを見まわし……洗濯物を干しているジェーンを見て足を止めた。首をかしげてその奇妙な作業を眺める――女ものの下着が風に揺れている。ボーイはかぶりを振り、ジャングルに駆け戻った。

ハンターたちが駐屯地のゲートに到着したのは、ボルネオ1の一日が終わろうとするころだった。ハーフ・トラック六台が騒々しく広場に乗り入れると、全員が――監視者も苦力も――ただちに、今度ばかりは部隊が手ぶらで帰ってきたわけではないことに気づいた。集まってきた人々が網にとらわれたジャングルマンにぽかんと見とれているあいだに、ほかの五台のハーフ・トラックは駐車場に向かった。グラヴィスが鞭を振るって群衆を追い払った。

「退がれ、屑ども」

本人はそう言おうとしたが、顎がまだワイヤーで固定されているため、うなり声が出ただけだった。それでも言いたいことは伝わり、全員が鞭の届かないところまで後退する。グラヴィスは群衆に背を向け、叫んだことで生じた苦痛を押し隠した。顎を流れつづけるよだれに一筋の血が混じった。

ハンターたちは急いで網をはずす作業にかかった。獲物を逃さないよう、細心の注意を払う。タージャクはきつく縛り上げられていて、周囲の群衆に短剣のような視線を投げることしかできなかった。まだ暑さはおさまらず、作業をする者たちは滝のような汗をかいている。それでも捕虜に対しては乱暴で、しばしば蹴ったり殴ったりしていた。群衆もそれに喝采を送る。

とうとう網が荷台からはずれ、大柄なハンター二人がロープを握って捕虜を埃っぽい地面に引きずり下ろした。タージャクは横向きに地面に倒れた。ぶざまなところを見せまいとして、どうにか座った姿勢を取り、昂然と頭を上げる。

広場の奥にある本部に通じる二枚扉が開き、シンが姿を見せた。いつもいっしょのモグールを引き連れ、様子を見にきたようだ。シンは捕虜を見て目を細めた。口もとに冷たい笑みが浮かぶ。

「そろそろジャングルマンに会えるころだと思っていた」

広場にいるハンターたちに向かって、「こいつはしゃべれるのか?」

「しゃべりはしますが、何を言ってるのかわかりません」ウィンチのケーブルを巻き取っていたハンターが答えた。

ポーチの先でベランダのドアが開き、マラケシュが外に出てきた。ドクター・グリーリーがそのあとに続く。ドクターはぽっちゃりした頰を流れる汗をひっきりなしに拭っていた。暑熱を意にも介していないように見えるのはマラケシュだけだ。

広場では二台のフォークリフトが巨大な四角い鉄の台座を捕虜の左右に設置していた。台座の頂上には鉄のリングが溶接してある。台座が所定の位置におさまると、作業員二人が重い鎖を引きずってきて、それを鉄のリングに通した。グラヴィスが鎖の端に足枷を取りつけた。

うなり声で部下に指示し、タージャクの両足首に足枷をかけさせる。苦力二人が網を引っ張りつづけ、タージャクは爪先を動かすくらいしかできなかった。グラヴィスの部下たちが足枷をかけ、ロープを切る。

足枷が確実にかかっていることを確認すると、グラヴィスは網を切り開くよう命じた。

「だいじょうぶなのですか？」グリーリーがシンに確認した。

「ああ。やつは逃げられない」シンが答えた。

網がはずされたタージャックは頭を上げたままゆっくりとあたりの様子をうかがった。アクロバティックな動きで立ち上がる。脚を開いて立った姿は堂々たるものだった——鉄の足枷と鎖で動きは制約されているが。彼が急に動いたので、まわりの群衆は息を呑み、一歩後退した。

シンがポーチから下りてきた。モグールがそれに続き、マラケシュとドクターもついてくる。シンの足取りは状況を完全に把握している指導者のものだった。ジャングルマンの手がぎりぎり届かないところで足を止める——たぶん唾を吐いても届かないだろう。

「さて、さて、さて、グラヴィス。ようやく自分の存在価値を示せたようだな」

グラヴィスは笑みを浮かべようとしたが、痛みのせいでしかめ面になった。

「心配するな。復讐はさせてやる。だが、まず楽しんでからだ」

マラケシュはジャングルマンのまわりを歩き、ホモ・サピエンスとしての理想的な体型に強く感銘を受けた。

「なんてことかしら、ドクター。これは詳しい研究に値するわ。アトリエに連れていって、徹底的に調べてみてはどう？」

彼女のあからさまな口調に、シンは不快な顔になった。状況をあらためて掌握しようと、「準備がある」と言って涼しいオフィスに向かう。「だが、まだまだこの暑さだ。とりあえず虎の檻に放りこんでおけ。こいつをどうするかは今夜、夕食のときに決める。グラヴィス、おまえとハンターたちも同席しろ。ただ、その前に忘れずに風呂に入るんだぞ」

ジェーンがツリーハウスのベランダから眺めているうちに、とうとうジャングルは夜の帳に包まれた。調理場からはハワード教授が鍋をあちこちにぶつける音が響いている。

「心配はいらんよ。これまでもずっと、自分の面倒は自分で見てきた男だ。すぐに戻ってくるさ。戻らないならそれなりの理由があるのだろう」

「でも、蔦が切れて墜落していたら？　それどころか、敵に発見されて身動きできないのかもしれない。探しにいかないと！」

教授が窓から顔を突き出した。

「自力でどうにもならない状況になったら、あの子猿をよこす手筈になっているんだ」

「ボーイだって言ったでしょう。子猿だのちびすけだの呼んでたら、いつまでたっても覚えないわ」

「わかった、わかった。いいからこっちでサラダを作るのを手伝ってくれ。タージャクも、帰ってきたらきっと腹ぺこだろう。ヤクを一頭平らげて、まだマンゴー・プディングが入る余地があるくらいだろうな」

そのころボーイはようやく大猿の群れを見つけていた。狂乱したようなおしゃべりと手ぶりで、自分たちの兄弟が危機に陥っていることを知らせる。大猿たちはそのまわりに円を描くように集まり、胸を叩きはじめた。それがどんどん速くなる。序列が決まっていき、低いうなり声が腹の底からの咆哮に変わった。いちばん大きな雄が序列に満足し、興奮がじゅうぶん高まったと判断すると、全員が月に向かって吠え、移動を開始した。ボーイは大柄な猿に抱えられて道案内を務めた。

13　救いはそこまで《ヘルプ・オン・ザ・ウェイ》

狩りの褒美の夕食は宴もたけなわだった。シンは大部屋の中央にU字形にテーブルを配置し、自分はマラケシュとドクター・グリーリーと並んで中央に席を占めた。モグールもその夜は非番とされ、シンと同席している。グラヴィスの席はいちばん端だった。よだれが垂れるので、よだれ掛けをしている。ほかの者たちは通常のディナー料理だが、彼だけはボウルに入れた流動食とストローがあてがわれた。マラケシュはシンに〝あの人も参加しなくちゃだめなの？〟という視線を向けたが、シンはそれを無視した。

U字の両側にはハンターたちが居並び、料理を平らげ、浴びるようにビールを飲んでいた。グラヴィスの部下たちのマナーは、まるで旧地球の十七世紀の従士のようだった。ナイフやフォークの扱いに慣れていないのだ。マラケシュはこれまでの苦い経験から、召使いたちに命じてテーブルの下にビニールシートを敷かせていた。これなら床を汚されることはない。

ドクター・グリーリーもさほどましというわけではなく、ワイングラスを片手にフォークで料理を食べるのに苦労していた。不思議なのは、モグールが上品に料理を切り分けて口に運んでいることだった。マラケシュがマナーを仕込んだのかもしれないが、この大男には意外な背景があるのかもしれなかった。

異彩を放ったのは、部屋の奥の3Dマックス・スクリーンで上映された映画だった。集まった男たちが期待したものとは違っていたが。何年か前、まだこの遠征に関係する以前、ラジャ・シンは自分の生涯を顕彰《けんしょう》する映画を製作していた。さまざまな未開で無防備な文明に恐怖をまき散らす場面のあいだに、銀河的な大物たちと交流する場面を挿入した代物だ。評議会が彼の征服活動に賞金とさまざまな賞品を授与する、叙勲セレモニーの場面もあった。

四杯のビールで狩りの成功がもたらしたアドレナリンが薄まったらしいハンターの一人が、映画の途中で居眠りをはじめた。幸い、隣に仲間が座っていて、肘で脇腹をつついてすぐに目を覚まさせた。シンに見られていたら、タージャクにはその夜、虎の檻でいっしょに過ごす仲間ができていただろう。

この〝ラジャ・シンの生涯の物語〟は延々と続き、一時間前までまともな食事にありつけるならなんでもすると思っていた者たちにとって、今やその代償は残虐な、あまりにも尋常ならざるものになっていた。グラヴィスとドクター・グリーリーはすでに経験していたので、さっさと酔っ払ってしまうにかぎることがよくわかっていた。《銀河間戦争Ⅲ》でも観たほうがましだ。モグールはいつものように禁欲的だった。

幸い、映画監督がシンを説得し、〝人間味〟を出すための個人的な場面も撮影していた。シンがどこかのリゾート・ビーチでビキニ水着にサファリ・ヘルメットという格好になり、マイタイのグラスを片手に、まわりを囲む女たちにキスを投げている映像もあった。マラケシュはその場面をもう百回は見ていたが、いまだに落ち着かない気分になった。はじめて見たとき小さく笑ってしまい、シンは彼女を一カ月も遠ざけつづけたのだ！

ようやく苦行が終わると、赤い封筒がたくさん入った、サテンで覆われたバスケットを召使いが運んできた。

「きみから渡してもらえるかな？」

マラケシュはそう言われてラジャの横に立ち、列を作るハンターたちに賞金の入った封筒を渡していった。シンが狩りの経費を節約し、今夜の食事もけちっていたことがわかるのは、まだあとのことだ。

「全部一度に使ってしまうんじゃないぞ、みんな」

ドクターが屁とげっぷを同時にしながら言った。そろそろ退出の時間だった。

グラヴィスが分け前を手にしていなくなると、マラケシュはシンに向きなおった。

「あしたあのジャングルマンをどうするつもり？」

「テロリストのことか？　これからモグールと相談して決める。永久に厄介払いする前に、モグールがいくつか拷問を試すだろう」

「生かしておいたほうがいいんじゃないの？　ハワード教授をおびき出す餌になると思うわ」

「餌にするなら生きていても死んでいても同じだ。さあ、もう寝ろ！」

マラケシュは反駁しようとしたが、シンの険しい顔を見て無駄だと悟った。


いつものように夜明け前の最初の光が曇りがちの東の地平線にあらわれた。本当の夜明けはまだ一時間ほどあとだ。ツリーハウスの中の鍋や容器が徐々に震動しはじめた。最初に目覚めたのは教授だった。轟音が近づいてくる。

「ジェーン、起きろ！　何か来るぞ」

ジェーンと教授は服を着ながらベランダに飛び出し、緊張して手すりに駆け寄った。下では苦力たちがズボンを穿きながら、武器を手に駆けつけてきていた。松明に火を灯し、教授のツリーハウスのまわりに集まって命令を待つ。

大猿の最初の一頭があらわれ、ツリーハウスを見上げた。すぐあとからさらに二十頭が姿を見せる。猿たちは咆哮し、途中で拾ったらしい石や枝を振りまわしていた。父娘は剝き出しの原始的な力を見せつけられ、石のように硬直している。苦力の軍団は戦闘訓練も忘れ、身を隠せる場所に逃げこんでいた。

ツリーハウスからほんの十メートルほどのところで猿たちは足を止め、いっせいに咆哮した。ボルネオ1にかつて響いたことのない大音声が轟いた。（わたしの知るかぎり、ほかのどんな惑星でもかつてなかったほどのものだ）

咆哮がおさまると、ようやくボーイのさえずり声が聞こえるようになった。ベランダの手すりにしがみついていた二人はほっとして子猿を見た。ボーイはさえずりつづけ、手ぶりで〝危険〟を示した。教授とジェーンがタージャクから最初に教えられた手ぶりだ。ボーイは危険を知らせようとしている……タージャクの！

「どこにいる？　何があった？」

「だから言ったでしょう、パパ！　タージャクに何かあったんだわ……大猿たちは居場所を知ってる！」

「行こう。ついていけなくても、あとを追うことはできる」

驚きとまどっている苦力たちに声をかける。

「武器を執れ！　武器だ！」

大猿たちは満足したらしく、来たときと同じようにすばやく移動していった。駐屯地に通じるいちばん近い伐採用道路のほうに向かっている。

駐屯地ではマラケシュが夜明け前に目を覚まし、こっそりと虎の檻に忍び寄っていた。うとうとしていた二人の見張りがそれに気づき、声をかけようとしたが……彼女は唇に指を当て、二人を睨みつけて黙らせた。

薄暗い中で声をひそめてささやく。「内緒にしておいて。いい？」

警備員はうなずき、自分たちが見張っている檻に彼女が近づくのを黙認した。

「そこにいる？」

ジャングルマンは香水のにおいで、見張りが目にするずっと前からマラケシュに気づいていた。息苦しい檻の中で、できるだけ身体を起こす。マラケシュはその動きを感じ、目的の檻に近づいていることを確認した。

持ってきていた水筒を戸口の金属スロットから中に押しこむ。続いてエネルギー補給食の包みが囚人の前の汚れた床の上に落ちた。タージャクは躊躇したが、動物的な勘がこのおかしな人間の女は信用できると告げていた。水筒を手に取り、奇妙な容器の開けかたを教えておいてくれたハ・ワードに無言で感謝する。においを嗅いでから、タージャクは冷たい水をあおって容器をからにした。そのあと棒状の食糧をかじる。

「これ以上のことはできないわ。アテナのご加護がありますように」

それだけ言うとマラケシュは建物内に戻っていった。ただ、その前に、見張りにもう一度警告の視線を投げるのは忘れなかった。

14 石を投げる《スローイング・ストーンズ》

　ジャングルの夜が明け、二重太陽の光が空き地に射しこんだ。大猿たちは仲間である裸の猿を救出する行軍の途中で足を止め、ストーンヘンジのような形に並んで座りこんだ。東の空に最初の太陽が昇りきると、猿たちは首のソーラー・パネルを開いた。顔を太陽に向け、銅のようなパネルを輝かせ、彫像のように身動きせずに、活動エネルギーを体内に取りこむ。

　その近くではハワード教授がジェーンのために食事を用意していた。いつも好奇心いっぱいのボーイがそれをじっと見ている。二人は少し前に群れに追いつき、短い仮眠を取っただけで、すぐに空腹で目を覚ました。苦力軍団も休息しており、次の行軍に向けて荷物を詰めなおしていた。

「ほら、ねぼすけ、栄養を摂っておけ。おまえの準備ができたら出発だ」

「大猿たちはどうするの？　どこに向かっているのかわかるまで待ったほうがいいんじゃない？」

「その必要はない。駐屯地の場所を知っているはずだから、ここからはジャングルの中を進むだろう。われわれは伐採に使う道を通ったほうが早い。それでも猿たちのほうが速度は上だろう。だからわれわれが先に出発しなくてはならない。峡谷と高地が出会うところにある製材所の近くで、猿たちと合流できるはずだ」

ジェーンは朝食を詰めこみ、水の根を搾《しぼ》り、歯を磨いてから北に向けて出発した。

「まだかなりの道のりがある。途中で車輛が手に入るといいんだが。こう言ってはなんだが、シンの残忍さのおかげで時間が稼げるはずだ。タージャクをすぐには殺さず、じわじわ苦しめようとするだろうからな」

ジェーンも同じことを考え、同じ希望を持っていた。彼女は頭を下げ、歩く速度を上げた。

自分に向かって小さくつぶやく。

「あの狂人の内臓を蛙の解剖みたいに掻き出してやるわ――タージャクにもぜひ生きて見てもらいたいわね！」

そこから数キロ離れた製材所では、午後のシフトがちょうど始まったところだった。そこで丸太が材木に加工され、整理されるのだ。一方の側には丸太を満載したトラックが列をなし、構内の貯木場で次々と荷下ろしをしている。反対側では大勢の苦力がおがくずを集め、あとで使えるように袋に詰めている。監視者の要求はきびしかった。重機の轟音と甲高い鋸の音に加えて、鞭の音と不運な苦力のうめき声が交錯している。

ジェーンはその音にかなり遠くから気づいていた。父親と二人、台地の上で休んでいるところだ。向こうを見張れる程度には近いが、気づかれるほど近くはない。

「製材所のそばを通るときは、岩陰に身を隠しながら進むんだ」

ジェーンはうなずき、時計を見つめた。ここでの遅れは致命的だ。

高地に目を向けた父親が、樹冠から気流をとらえる鳥の姿をとらえた。羽ばたきをくり返して上昇していく。何かに先導されているようだ。

父親がジェーンをつついた。「来たぞ」

製材所の騒音と活動のせいで、警備員と監視者が突進してくる大猿たちに気づいたときにはすでに手遅れだった。構内に乱入した大猿たちは怒って……怒り狂っていた。放り出せるものはすべて放り出され、壊せるものはすべて破壊され、警備員に抵抗するすべはなかった。愚かにも抵抗を試みた者たちはぐしゃぐしゃにされた。

戦闘経験豊富な指揮官はほかの警備員たちよりもすばやくわれに返り、暴動鎮圧用のステンⅣセミオートマティックの安全装置をはずした。だが、周囲の大混乱の中から標的を選ぶのは困難だ。

結局はかなり成熟した猿の銅色の背中に狙いをつける。だが、発砲しようとした瞬間、一本の矢が男の首を貫いた。苦力軍団による最初の死者だった。指揮官のステンは宙を飛び……銅色の背中の猿の足もとに落ちた。別の警備員があっけに取られて見守る中、大猿はステンを拾い上げ、プレッツェルのようにねじ曲げた。大猿ははじめて見る人間の武器をしばらくしげしげと眺めていたが、かじろうとするとガンオイルのにおいが鼻を衝いた。振り返り、近くにあった伐採車のフロントガラスに曲がった武器をフリスビーのように投げつける。ゲーム・オーバーだ。

警備員は弾かれたように逃げ出した。だが、頭を低くして破壊されたトラックのドアの横を通過しようとしたとき、大猿につかまって引き裂かれた！

高地の岩の露頭の上から様子を見ていたボーイはチアリーダーのようにその場で飛び跳ね、両手を打ち鳴らした。行け、味方チーム、行け！

とりわけ大きな一頭の猿が電源施設に到達した。強力な一撃で金属製のドアは蝶番《ちょうつがい》から引きむしられた。中からすさまじい破壊の音が響く。ほとんど即座に送電が停止した。

（大猿には知るよしもなかったが、停電が起きると自動的に駐屯地に警報が発せられた）

ジェーンと教授は台地の上から眼下の勝利を確認した。

「いい戦いっぷりね、将軍」

「一介の軍曹であります。最善を尽くしています」

教授がきびきびと敬礼し、二人は煙を上げる製材所の残骸に向かった。苦力軍団は見つかるかぎりの備品と武器を回収し――装備していた。

ジェーンは大猿たちが来たときと同じくらいすばやく姿を消したことに気づいた。

「友軍はどこ？」

「休息して、充電する必要があるんだろう。ソーラー・パワーをいっきに解放したから、回復には時間がかかる。とにかくわれわれは前進しよう」

ボーイは飛び跳ねるのをやめ、下にいる二人の人間が動きだすのを見つめた。若い猿の目は猛禽のように鋭い。子猿は平原を見わたして、援軍を探した。二人が安全だとわかって、猿らしく歯を剝き出して笑う――二人が〝兄〟の救出に手を貸してくれることはわかっていた。大柄な仲間たちと違い、エネルギーをあまり消費していない子猿に充電は必要なかった。彼は経路を考え、人間たちに合流しようと駆けだした。

駐屯地では警報が鳴りはじめた。二枚扉が勢いよく開き、シンとグラヴィスが深刻な顔で飛び出してくる。監視者たちも大急ぎで集まってきた。最後の一人が駆けつけると、シンが低い声で告げた。

「製材所と連絡が取れない。最悪の事態を想定すべきだろう……その場合、われわれは破滅だ」

「だいじょうぶです、ラジャ。うちの作業チームが大至急復旧させます。すでに予備ユニットを準備して、いつでも出発できます」

「だったら急げ！」

シンの怒声にグラヴィスはギプスを掻き、身震いした。

シンが全員に向かって指示する。

「アルファ製材所が沈黙した。グラヴィス指揮下の緊急派遣部隊は予備のマシンを設置し……この妨害工作の犯人を見つけ出せ！　ボーナスがかかっているぞ……わたしの鞭も！

さあ、行け！」

部隊が出発すると、シンはグラヴィスに向きなおった。

「おまえの任務は周辺の警戒だ。復旧チームが出発したあとは何者の出入りも禁止する!」

グラヴィスはうなずいた。

監視者の半数は散開して部下と備品と武器を集めている。グラヴィスは先頭のハーフ・トラックに飛び乗り、警備員宿舎に向かった。

マラケシュとモグールがシンに駆け寄った。

「どうしたの? みんなどこに行くの?」

「みんなというわけではない。すぐに片づくさ。そうそう、きみの言っていた餌が役に立ったようだ。歓迎パーティの準備をしておかないと」

シンはモグールに向きなおった。

「だがまず、ジャングルマンのご機嫌うかがいといくか」

マラケシュは不安を覚えた。「ドクターを呼んでくる?」

「必要ない」

シンとモグールは檻のほうに向かった。マラケシュはそのあとに続こうとして……もっといいことを思いついた。

だが、遅かった。シンは彼女の懸念に気づいていた。

「風が少し強くなってきたな。きみは中にいたほうがいい」

製材所では作業員たちがばらばらになって身を隠していた。大猿たちは戻ってこず、小さな炎と煙が戦闘の痕跡をとどめているだけだ。湿った強い西風がおが屑を吹き上げて巨大な雲を作り、さらに広く二つの太陽を隠していた。ボルネオ1では陽光とビタミンDが不足することはめずらしいが、その日はちょうど冬至に当たっていた。暗い雲が平原を覆い、東のジャングルの樹冠を汚れた綿のモップのように押し包んでいる。

苦力たちが構内のあちこちで、教授のためにひっくり返された車輛を元に戻していた。どれもこれもエンジンがかからないか、ほかに何か決定的な損傷をこうむっている。だがとうとう一台のトラックが黒煙を噴いて始動した。

「みんな乗るんだ。ついてるぞ。掠奪者どもめ、車輛を生体認証ロックすることなど考えもしなかったようだ」

ジェーンはショットガンをつかみ、苦力たちはトラックの荷台に飛び乗った。弓をもっと使い勝手のいい武器に持ち替えた者もいる。ボーイは荷台でロールバーにつかまり、人間たちを鼓舞するように跳ねまわった。教授はアイドリングしたままメーターをチェックした。

「燃料電池はほぼ満タンだな。目的地まではもたないだろうが、嵐の中の船としては上々だ」

トラックは地平線に向かって動きだした。

ジャングルにある別の空き地では、大猿たちが円陣を組んでエネルギーを充塡していた。身動きひとつせず、首のまわりのソーラー・パネルを広げて空に向け、厚い雲越しに届く光をできる限る受けようとしている。動けばそれだけ充電が遅くなるのだ。最上位の猿だけがときおり空を見わたして、雲が切れそうな場所を探していた。フル充電前に動きだすのは危険だった。秀でた額に霧がかかり、徐々に濃くなっていく。老いた大猿はあきらめたように身震いした。


虎の檻ではシンが警備員に放水を命じていた。警備員たちがなかば地面に埋まった二十メートルの檻の列の両端に立ち、放水を開始する。複数の悲鳴が聞こえたところから、その騒然とした朝、檻に入れられているのはタージャックだけではないようだった。

「もういい！」ラジャが監視台の上から叫んだ。「あとはまた勝手に汚れさせておけ」

シンは乗馬用鞭で手すりを叩きながら、懲罰場に続く階段を下りていった。うしろに忠実なモグールが護衛として同行する。シンは檻の列に沿って歩きだしたが、すぐにぴかぴかのブーツが泥で汚れることに気づいた。

「そこの四人！　猿を引き出せ。もう何もできないだろう」

サディスティックな結末が明白でなかったら、滑稽とさえ言えそうな場面だった。檻の両側で警備員がそれぞれ鎖を握り、その先の足枷を格子のあいだに通そうとしている。隙間は足枷がちょうど通るだけの幅しかなかった。〝志願〟した一人が檻に近づき、格子のあいだから手を伸ばす。だが、男はその手をあわてて引っこめた。音から察して、手の骨を何本か折られたようだ。

「気をつけろと言ったろう！　誰かもっとうまくやれるやつはいないのか？」

モグールが進み出ると、長い鉄の棒を手にしてタージャクの檻に近づいた。腰をかがめて側面から奥を覗き、相手の位置を確認して、先端がタージャクの身体に当たるまで鉄の棒を突っこむ。ゆっくりと、全身の力をこめて、棒をさらに押しこんだ。中からうめき声が聞こえ、ジャングルマンが反対側の格子に押しつけられて身動きできなくなったことがわかった。

これでようやく足枷を隙間から通すことができた。だが、結局はスタンガンを使うことになる。フル出力で檻の中の囚人はぐったりと動かなくなり、警備員たちはやっと足枷をかけられるようになった。安全を確保して、檻の扉を開ける。

タージャクは両脚を広げて泥の地面の上に座りこんでいた。頭はうなだれて、くしゃくしゃの髪が顔を隠している。ジャングルでもっとも恐れられた敵は、今や廃人のようだった。シンはほくそ笑んだが、モグールは警戒を緩めなかった。不用意な警備員たちが小さく笑い声を漏らした。

と、タージャクがアクロバットのような動作でいきなり立ち上がった。目には挑戦的な光を宿し、筋肉が波打っている。（どうしてそんなことができるんだ！）両側の警備員があわてて鎖を強く引いた。タージャクがフェイントをかけると、二人は過剰反応してさらに強く引っ張る。タージャクはそれを無視し、ゆっくりと周囲を見まわした。その視線がシンをとらえる。

それが合図になった。シンが乗馬用鞭で腿を叩きながら歩きだす――手下たちがよく知っているトラブルの前兆だ。泥だらけの地面の直前で足を止め、モグールに戻ってこいと命じる。

シンはその場の全員に聞こえるよう大声を張り上げた。「人間の言葉を解するほどの知性はないとわかっているが、口調からも伝わるものはあるだろう。ヴィシュヌ神がおまえに微笑んでいるぞ、ジャングルマン。部下の半数は外出していて、しかも台風が近づいている。おまえはもう一日生きていられるということだ。だが、明日になれば」とモグールを指さし、「おまえはわたしの部下全員の前で、既知宇宙最強の男と対戦することになる。この男、モグールは、おまえの全身の骨を折るか砕くかし、おまえは殺してくれと懇願するだろう。それはわたしの栄誉でもある」

タージャクは空を眺めたまま、理解したそぶりを見せなかった。シンの言葉に、集まった者たちは大喝采した。二人の偉大な闘士の対戦となれば、単調な労働が続く日々にあって、これ以上ない気晴らしになる。

喝采がおさまるとモグールが進み出てラジャに深々と一礼し、栄誉に応えた。その頭がいちばん下がった瞬間、囚人の怪物じみた屁の音があたりに響きわたった。タージャクがまっすぐにモグールを見ている。モグールのほうは懸命に自分を抑えているようだった。

この極限の侮辱に、ドクターは思わず小さな笑みを浮かべた。シンがすました顔で言う。

「モグール、気にするな。スマトラ3を覚えているか？　あそこの猿どももばかげた行動で相手を侮辱したものだ。こいつが自由だったら、糞を投げつけてきていただろう」

モグールはわずかに緊張を解いたが、両闘士の視線は決して相手から離れなかった。


そのとき偵察用バイクの騒音が聞こえてきた。運転手はマシンを横滑りさせ、もうもうたる土埃を巻き上げて停止したが、跳ね上げられた小石がラジャのほうに飛ばないよう、細心の注意を払っていた。シンが運転手を手招きする。男はバイクが倒れるのも構わずシンに近づき、耳もとに何かささやいた。シンは顔をこわばらせ、オフィスに向かった。

「猿にはバナナと水を与えて、檻に戻しておけ！　足枷はそのままでいい」

西の空はさらに暗さを増し、雨雲が遠い山並みの上を覆うのが見えた。

数キロ離れたあたりでは、とうとうトラックの電池がからになった。教授はなんとかその前に、伐採道を見下ろす風下の崖の上までトラックを誘導していた。急速に迫ってくる嵐の先駆けの雨がフロントガラスを濡らしはじめている。教授は部下たちに、できるかぎり身を隠すよう指示した。ボーイはいちばん頑丈そうな木の上に駆け上がった。

「まずいな、ジェーン。雨の中を歩いて接近したらみんな疲れきってしまうだろう。洪水が起きる危険もある。ここは高台だから安全だが。このまま嵐をやり過ごすのがいいと思う。経験上、これだけ大きな低気圧の前線が通過したあとはからりと晴れ上がることが多い。二重太陽がすべてをたちまち乾かしてくれるだろう」

「それがいいみたいね。この嵐でタージャクを救出するための時間が稼げるといいんだけど」

「もっとはっきりした作戦があればよかったんだがね。武装した敵が全員で待ち受ける要塞にまっすぐ突っこんでいくしかないとは」

「全員じゃないわ。さっきやり過ごした隊列を見ると、シンは部下の半数を製材所の奪還に向かわせたらしいから。それで少しは有利になるでしょ?」

「じゅうぶんとは言えないが」

「そう言うんじゃないかと思ったわ」

そのはるか後方では、大猿たちがまだじっと円陣を組んで太陽が顔を出すのを待っていた。製材所のほうから物音が聞こえてくる。補充された人員が嵐と罵声に背中を押されながら、できるかぎりの補強を急いでいるのだ。西からはゆっくりと別の咆哮が近づいていた。製材所の作業員たちはできるだけ濡れないようにしながら資材が飛ばされないよう固定するのに夢中で、その音に気づかなかった。野営地も何もかも押し流して、鉄砲水が峡谷を駆け下りてきている。伐採用に造成された道も寸断されてしまうだろう。

(ここの者たちが駐屯地に応援に行けるのはかなり先になりそうだ)


その晩、虎の檻の列の両端に一人ずつ警備員が立っているところに驟雨が襲いかかった。ひとつを除いてどの檻からも泣き声が上がった。

ベランダではしなやかな人影が柱の陰に立ち……雨がやむことを願っていた。

屋内からはシンの怒声が聞こえた。

「あの女はどこに行った？　必要なときいつも姿が見えない。戻ってきたら部屋に閉じこめておけ！」

外では雲が切れ、マラケシュがふたたび食糧を手に駆けだしていた。

15 アラバマ脱出《アラバマ・ゲッタウェイ》

朝になると東の山並みの上に二重太陽が顔を出した。そのすぐあと、フレンチ・ドアが開いてシンが暖かな陽射しの中に出てきた。伸びをして、姿の見えない召使いに言う。

「朝食は外で食べる。ポーチド・エッグで……二度とトーストを焦がすなよ！」

同じころ、ハワード教授も同じ太陽に挨拶しながら自家製のグラノーラをかじっていた。軍団は装備を整え、いつでも出発できる。

「ようし、ねぼすけども。道はなくなったが、苦力たちが見つけた象の踏み分け道が使える。こっちのほうがむしろ近いくらいだ」

ジェーンが荷物をまとめ、ジャックフルーツを頬張りながら出てきた。

「どのくらいかかりそう？」

「急ぎ足で、運がよければ正午には着けるだろう。あの象はどこにいるんだ？　今こそ必要なのに」

「駐屯地でシンの住居を粉砕してるといいんだけど」

「それはなさそうだな。では、出発だ。ボーイはどうした？」

ジェーンは高いスズカケノキの樹上を指さした。

「上で夜を過ごしたみたい。どこかいい場所を見つけて、早朝の充電中だと思うわ」

「待ってはいられない。道はわかるはずだから、すぐに追いついてくるだろう」

父娘は軍団を従えてジャングルマンの救出に向かった。彼は今や家族だった。


一時間ほど進んだところで教授が休憩を告げ、部下たちを集めた。ジェーンは近くの木からグァバの実を採った。

「諸君、敵はすぐそこだ。見張りが周囲を警戒しているだろうから、このまま進んでいけばすぐに発見されてしまう。きみたちはわたしよりもこのあたりの地理に詳しいし、監視塔の位置なども知っているはずだ。ここからは散開して……半数は東、半数は西に向かう。静かに、注意して進んでくれ。人のいる監視所を見つけたら身を隠して待機し、戦闘が始まったら、誰もそこに出入りできないようにする。わかったかね？」

全員が敬礼し、進む方角を選びはじめた。

ジェーンは父親によく熟れた瑞々しい果実を手渡した。

「そんなふうに分散するのって……本当にそのほうがいいの？」

「固まって進んでも、武器も人数も向こうのほうが上だ。ゲリラ戦法だよ、ジェーン。ゲリラ戦法だ」

午後遅くには太陽が二つとも空高く輝き、思ったとおり泥はたちまち固まって、じっとりと空気が重くなった。シンは敷地から一・五キロほど離れたいくつかの戦略拠点に監視塔を設けていた。旧地球にまだ森林があった時代の、森林警備隊のステーションに似ている。

数時間前に交替して一人で監視塔に詰めていた警備員が、小便のために長い梯子を下りてきた。地上に着いて振り返ったとき、ボーイのパンチが顔面に炸裂し、男は気を失った。ボーイは勝利のダンスを踊り、ちょっと顔をしかめてから、監視塔と駐屯地をつなぐ通信ケーブルを引きちぎった。

檻の中でタージャクの腹が鳴った。マラケシュからもらったわずかな食糧はじゅうぶんにはほど遠かった――ここ二日ほどの行動を考えれば当然だ。だが、タージャクは何も食べずにやっていく方法を身につけていた。単独で長時間の探検旅行をしたりしていたので、空腹のことはよくわかっている。海を渡って訪れた不毛の地では洞窟で迷子になったこともあった。虎の檻はそれよりも苛酷だが、それほど大きく違うわけではない。

筋肉の状態を維持しておく必要があることはわかっていたので、檻の格子を利用してアイソメトリック運動をこなした。本能的にその日がこれまでで最大の試練になると感じ取り、準備しているのだ。息を切らしながら、足もとの泥にジェーンの名前を書く練習をする。ハワード教授が人間の文字を教えてくれたので、一般的な言葉ならもうほとんど書くことができた。ジェーンの名前は彼女がいつも持っている〝たくさんの紙を束ねた革〟に書いてあるのを見たことがあった。今までに見たことのない言葉で、少し変わった綴りだったはずだ。Ｊａｉｎｎ、Ｓａｎｅ、Ｊｅｉｎなどいくつか試してみる。Ｓの文字は裏返しになっていた。これだけは教授がいくら言っても治らなかったのだ。最後にようやくＪａｙｎｅにたどりつく。確かこうだったはずだ。

彼はその名前を口にしてみた。「ジェーン」

屋外スピーカーから軍楽が流れてきた。それが集合の合図だったらしく、誰もが作業をやめてぶらぶらと中央アリーナのほうに歩いていく——アリーナと言っても、屋根のない観覧席に囲まれた、前方にステージのある小さな施設にすぎない。まだ駐屯地に残っていた監視者たちが左右に並んで目を光らせている。エンジン音が響き、大きな天蓋がふくらんでアリーナの上を覆った——真昼の陽射しがさえぎられ、誰もがほっとする。アリーナの床面の砂は早くも焼けるように熱くなっていたが、日陰になったせいですぐに歩ける程度まで温度が下がった。

マラケシュとドクターがステージ上にあらわれ、そのあとから華美を極めた制服姿のラジャ・シンと、忠実なモグールが続いた。モグールはいつものターバンとベストというシーク教徒の格好ではなく、上半身をはだけ、肩まである漆黒の髪は編んでうしろに垂らしていた。広い胸に塗った油がぬめぬめと光っている。シンの合図で監視者たちと壇上のゲスト全員が腰をおろしたが――ただ一人、モグールだけは腕を組み、わずかに足を広げて立ったままだった。ゲストたちが座ったのは普通の椅子だったが、シンの椅子だけは玉座としか言いようのないものだ。彼が奥のドアに向かってうなずくと、ドアがきしみながら開いた。

体格のいい警備員が三人ずつ、左右から太い鎖を引っ張って姿を見せた。彼らが戸口を抜けると四百人ほどの観衆は首を伸ばし、次にあらわれるものに期待の目を向けた。

タージャクだった。鎖に抵抗はしていないが、協力もしていない。ただ自分のペースで歩いているだけだ。昂然と顔を上げているが、罵声を浴びせる群衆には気づいてもいないように見える。その視線はまっすぐに壇上のシンの目を見つめていた。恐怖の色はない……むしろベンガル猫が獲物を品定めしている印象だった。彼の身体もうっすらと光っていたが、それは汗のせいだった。くしゃくしゃの髪ももつれたままだ。このショーでの彼の役割は闘士ではなく、獲物だった。彼がリングの中央まで来ると、警備員たちは足を止め、鎖を緩めた。タージャクは両脚を広げて立っている。

シンが玉座から立ち上がり、群衆に向かって語りかけた。

「評議会の労働者諸君、今日のショーはきみたちの記憶に永遠に焼きつけられることだろう。伝説の一日になるぞ！　わたしは最近の作業の遅れすべての背後にいるテロリストを捕獲することに成功した。

見るがいい、ボルネオ1のジャングルマンだ！」

囚人に罵声が浴びせかけられた。（だが、それは本心からのものなのか、鞭への恐怖に強制されたものなのか？）

「この男がどこから来たのかはわからない。邪悪な神がわれわれを試すため、この惑星に送りこんだのかもしれない。だが、今、そいつは鎖につながれてわれわれの前にいる。重要なのはそれだけだ！」

そこからそう遠くない場所で、ジェーンと父親は軍楽の響きと、かすかに伝わってくる群衆のざわめきを耳にした。恐れていたことがまもなく起きようとしている。二人は足取りを速めた。

ジェーンが心配そうにつぶやく。「大猿たちがついてきてくれてるといいんだけど。こんなおもちゃじゃ、シンの警備員の敵じゃないわ」

「力よりも頭だよ、ジェーン。力は向こうにある」

「そうね。その名前はタージャクよ！」


シンの演説は続き、マラケシュは群衆が苛立っているのを感じた……とはいえ、じっと清聴する以外のことができるわけではない。やがてようやく長広舌も終わりを迎えた。

「今日、諸君は文明世界最強の男があわれな野蛮人をばらばらに引き裂くところを目撃することになる。その男を紹介しよう……モグール！」

モグールが前に進み出て、アリーナに降り立った。円形のリングに入り、タージャクから腕の長さの倍くらい離れて足を止める。その顔には邪悪な笑みが浮かんでいた。そのあと壇上に向きなおり、シンに挨拶するように両手を高く挙げた。

シンがうなずき返す。緊張が高まり、ドクター・グリーリーさえ椅子から身を乗り出していた。マラケシュは奇妙なほど静かだが、膝のスカーフの下では手を強く握りしめているようだ。

いちばん近い警備員二名が足枷をはずす。タージャクは足首の拘束がなくなってどれほどほっとしたかを表に出さなかった。敵に満足感を与えることはない。足首には血がにじみ、黒蠅がそのにおいを嗅ぎつけて集まってきていた。

正対した二人の闘士は相手の力量を推し量った。モグールはまさに巨人で、ジャングルマンよりも頭半分ほど背が高い。二人は開始の合図を待っていた。壇上に立ったシンが観衆を見わたし、拳を突き上げる。タージャクはこの唯一のルールを誰からも教えられておらず、モグールがいきなり肩からみぞおちに突っこんできたとき、まだべた足で、戦闘態勢に入っていなかった。二つの巨体が地面を転がり、立ち上がって構えなおす。しばらくは円を描いて睨み合っていたが、やがてモグールが両手を頭よりも高く上げ、相手に向かって振り下ろした。その動きは遅く、タージャクはサイドステップで楽にかわして——そうしながら脇腹に拳を叩きこんだ。

モグールは動きを止め……激怒した。首を極めようとしたが、タージャクはオランウータンたちとの取っ組み合いで何度もやられたことがあった。腕をすり抜け、モグールの背後にまわって強烈に胴を締め上げる。胸郭を全力で締めつけると、息ができなくなってモグールがもがいた。

そのあとタージャクは信じられない動きを見せ、観衆のどよめきが響いた。腕を放し、相手を回復させたのだ。猿たちのあいだでは、格闘の目的は殺すことではなく、降参させることだった。人間のあいだでも結果は同じだ。モグールは生まれてはじめて屈辱を覚えた。

かっとなった彼は手を伸ばして砂をつかみ、相手の顔に投げつけた。タージャクはこのきわめて人間的なやり口に対応できず、茫然としたまま目に砂を受けた。視野がぼやけ、モグールの次の動きが見えなくなる。モグールはすばやくタージャクの背後にまわりこみ、羽交い締めにした。タージャクはなすすべもなく両手を高く上げさせられ、頭を押さえつけられた。

壇上のシンの笑みがゆっくりと大きくなった。マラケシュに向かい、「あまり早く終わらないといいがな」と声をかける。

ドクターが首を流れ落ちる汗を拭った。

タージャクはしばらくなんの抵抗もせず、打つ手がないかに思えた。実際には、視野が晴れるのを待っていたのだ。瞬きの回数が減るにつれ、肩の腱が張りつめていく。抵抗が高まり……オリンピック級の力比べのように、両者は全身の力を振りしぼった。タージャクの頭がゆっくりと上がっていき、モグールの目に信じられないという色が浮かんだ。力比べでそんなふうに押し返されたのははじめてだった。

タージャクはモグールの手が滑るのを感じ、思いきり力をこめた。エネルギーが爆発し、彼は腕を振りほどいて、驚く大男に向きなおった。モグールはその驚きを憎しみに転化させた。タージャクはひるまない。この世界で人間よりはるかに強い大猿を相手にするとき、からかって挑発するのは有効な作戦だった。

モグールは警戒心をかなぐり捨てて突進した。タージャクは大男の憎悪に笑みを向けた。

タージャクはその突進力を利用して身体を回転させながら、片手で相手の後頭部を、もう一方の手で腰をつかんだ。一声うなると、手足をばたつかせるモグールの身体を頭よりも高く差し上げる。（重力が地球の九十パーセントしかないとはいえ、とんでもない力業だ）タージャクはゆっくりと回転しはじめ、徐々にスピードを上げていき、かけ声とともにモグールを地面に叩きつけた。大きな音が響いた。


観衆の飛ばす野次が徐々に歓声に変わった。シンが身を乗り出し、食いしばった歯のあいだから声を押し出す。「立たないか、この屑が……」

その近くに堂々たるスズカケノキの巨木がそびえていた。姿なき神々への捧げものとして、あるいは単にシンの力を誇示するため、伐採せずに残してあるらしい。全員の目が戦いに向いている隙にボーイがその木によじ登り、アリーナの梁に跳び移って頂上に駆け上がった。大猿たちが群れの中の順位を争うとき、よく見えるようにいつもやっていることだ。子猿はそこに座りこみ、身ぶりとともにぺちゃくちゃとさえずり声を上げた。

眼下ではモグールがゆっくりと立ち上がっていた。全身砂まみれで、何が起きたのかよくわかっていないようだ。目の焦点が定まっていないが、それでも本能的に前に出る。そのとき監視者の一人が鉄の棒を彼の足もとに投げこんだ。タージャクも前進したが、遠すぎる。モグールは武器を手にして円を描き、戦いの——そして自分の屈辱の——終わりを模索した。何度かフェイントをかけ、タージャクの手の届く範囲と反応速度を見極める。

ここがチャンスと見て取ると、モグールは鉄棒を槍のように構えて突進した。タージャクがすばやく突きをかわす。観衆からため息が漏れた。モグールはすっかり回復し、ふたたび円を描いて動きはじめた。さらに攻撃をかける。今度は突くのではなく、棍棒を振るうように殴りかかった。鉄棒はタージャクの腿をとらえ、当たった場所がたちまち腫れ上がった。モグールは勝利を確信し、最後の攻撃に出た。

そのとき別の鉄棒がアリーナに投げこまれ、タージャクの足もとの砂に突き刺さった。屋根の上のボーイが喜んで飛び跳ねる。タージャクは鉄棒を両手でつかみ、危ないところでモグールの一撃を受け流した。これで双方互角だ。二人は相手の防御を突破しようと何度も打ち合った。金属と金属——一撃にこもる力はすさまじく、どちらの鉄棒も傷だらけになる。金属と金属——ぶつかり合う音はアリーナのはるか外まで響いた。

モグールは全身汗まみれになり、息遣いも徐々に荒くなっていった。半歩後退し、息を整える。それがタージャクの狙いだった。目にも止まらないすばやさで、モグールのみぞおちをまっすぐ鉄棒で一突きする。反応は望みどおりだった。モグールは身体を二つに折り、腹を抱えこんだ。どうにもできないまま、鉄棒が顎に食いこんでくるのを感じる。タージャクが下から思いきり突き上げたのだ。

モグールは強靭で、簡単にあきらめたりはしなかった。よろめいて後退しながらも、倒れないよう足を踏ん張る。タージャクはその手から鉄棒をもぎ取り、足もとに放り出した。まるで〝もう一ラウンドやるか？〟と言っているようだった。

シンははじめてモグールの目に敗北の色を見て取った。苦力たちは「殺せ！　殺せ！」と叫んでいる。監視者たちはショックのあまり騒ぎを鎮めることも忘れ、シンの顔は怒りで紅潮していた。マラケシュはベールの陰で笑みを浮かべ、まさぐっていた祈りの数珠をあらわにした。

モグールは敗北を悟り、運命を受け入れた。闘士の最期がどんなものかはよく知っている。タージャクが鉄棒を振り上げると、彼は頭を垂れた。血に飢えた観衆は「殺せ！　殺せ！」と叫びつづけている。タージャクは鉄棒を握りしめたが、それで頭を粉砕するかわりに、驚いたことに両手で鉄棒を曲げ、首輪のようにモグールの首のまわりに巻きつけた。タージャクは死に直面しているとも知らず、壇上に向きなおった。シンはすでにルガーを上げ、引金に指をかけて狙いをつけていた。タージャクは凍りついた。ボーイの位置からは高すぎて見えない。銃声が響き、観衆は息を呑んで黙りこんだ。カラスに似た腐肉漁りが飛び立つ。マラケシュは思わず手を口に押し当てて悲鳴を抑えた。グリーリーは顔をそむけた。

だが、タージャクはまだ立っていた！　そのうしろでモグールが、伐採されたセコイアのようにどうと倒れた。両目のあいだから大きな赤い円が広がっていく。百三十キロの巨体が地面にぶつかると、その場の誰もが浮き足立った。苦力も作業員も監視者も、狂ったようにアリーナ内を走りまわっている。ボーイは早口で何か言いながらあたりのものを手当たりしだいに投げつけた。

タージャクはこのチャンスをとらえ、右往左往する人々を押しのけてアリーナの出口に向かった。警備員を相手にする必要はなかった。群衆の波に呑まれ、とっくに持ち場を放棄していたのだ。群衆の中から抜け出したタージャクは命がけで走りだした。と、何か小さなものが風を切って飛んできたかと思うと、タージャクの首に命中した。彼はサファリのサイのようにその場に倒れた。枝払い機の車体の陰から、グラヴィスが陰険な笑みを浮かべて姿をあらわした。小脇に麻酔銃を抱えている。

グラヴィスはタージャクのぐったりした身体を何度も蹴りつけた。意識の有無を確認するためというより、単に残忍な衝動に従っているだけらしい。ジャングルマンの意識が戻ったら、腕のギプスをその歯に叩きつけてやるつもりだった。目には目をだ。

シンとグリーリーと重武装の警備員数人がまもなく二人を発見した。シンが言った。

「よくやった、グラヴィス。あのベンガル人の屑にやるはずだった褒美はおまえのものだ」

ほかの者たちに向きなおり、「このけだものを檻に戻しておけ……しっかり縛り上げてからな。油断するな！」

シンは意識のないタージャクに向かってつぶやいた。

「あのアリーナで死んでいればよかったと思わせてやる」

ドクター・グリーリーはタージャクのそばに膝をついて生命徴候を調べていたが、やがてシンに向かってうなずいた。まだ生きていて――危険な存在だと。

ジェーンと父親は監視者と警備員がほとんど全員アリーナに見物に行ってしまった機に乗じて駐屯地に忍び入り、タージャクがふたたび捕らえられる場面を隠れて見ていた。タージャクが自由に向かって走る姿を見た喜びは、ふたたびシンの手に落ちるという現実によって、いっきに冷水を浴びせられた……しかも自分たちは相変わらず無力だ。

「とにかくまだ生きているわ」

「実に頑健な男だな。ここに隠れて暗くなるのを待とう。今日はもうたいしたことは起きそうにない」教授がささやいた。「わたしが先に見張りに立とう。考えたいことがある。ほら、食糧だ。これで最後だぞ」

ふたたび捕獲されたジャングルマンの姿を見ようと駐屯地にいる全員が集まっていた。おかげでボーイは敷地内を自由にうろついて、何かを——何でもいいから兄を助ける役に立つものを探しまわることができた。小屋に入りこみ、からっぽのガレージを抜けると、とても大きな構築物の裏手に出た。植物が絡みついて生い茂った金網に囲まれ、何かが屋根の全面を覆って陽光をさえぎっているようだ。高さはチークの大木ほどもあり、聞き慣れた音が中から聞こえてくる。

ボーイは小屋に駆け戻り、散布機などの園芸用品のあいだから移植ごてを探し出した——人間の年寄りが草花の世話に使っていたのと同じタイプのものだ。自分にも使えるものを見つけた子猿は満足そうに、フェンスの前に取って返した。地面を掘ろうとしたが、固すぎて歯が立たない。何カ所か試してみて、ようやく掘れそうな場所を見つけ、できるだけ急いで穴を掘りはじめた。両脚のあいだから土をうしろに跳ねとばし、穴熊のような勢いで進んでいくと、すぐにどうにか通り抜けられるくらいのトンネルが完成した。

中に入ってみると、そこは自分たちの住むジャングルのミニチュアのような環境だった

——シンのサンクチュアリだ。鳥や動物たちが動きまわり、新来者に向かってさえずりかける。ボーイは探検を続け、石をひっくり返し、藪を揺すり、下のほうになっている果実をもいでにおいを嗅いで、脇に放り出した。と、それが見えた――地面に杭が打ちこまれ、そこから鎖が何かの巣の中へと続いている。ボーイは怯えた猿が上げる悲鳴を上げた。鎖が意味するものはひとつ――何かが意志に反してつながれているということだ。

ボーイは杭に駆け寄り、地面から引き抜こうと引っ張りはじめた。杭はびくともせず、子猿はさらに力をこめた。においを感じたのはぎりぎりだった。ハイエナに似た肉食獣が飛びかかってくる寸前、ボーイは頭上の枝に飛びついて難を逃れた。ハイエナの顎がぎりぎり届かないあたりで揺れながら、ぺちゃくちゃと罵声を浴びせる。そのときサンクチュアリ全体が騒然となり、人間の声が響いた。

「こら、何をやってる！　ねぐらに戻ってろ！」

飼育員の声であたりは急に静かになり、ハイエナまで巣穴に戻っていった。子猿はいかにも子猿らしく、〈おっと、逃げたほうがよさそうだ！〉と考え、脱出口に向かった。トンネルをくぐると立ち上がって周囲を見まわし、人間の脅威がないことを確かめた。そのうしろではほかの動物たちが次々とトンネルをくぐり、サンクチュアリからもとの自然の中へと逃げ出していった。

パトロールのジープが虎の檻の列のはずれに停止している。その一台からシンが下りてきて、ちょうど囚人を連れて戻ってきた警備員たちに声をかけた。タージャクは猟の獲物の鹿のように手足を縛られ、背中を下にして一本の棒に吊されたまま二人の警備員に運ばれていた。二人は敷地のいちばんはずれにある、もっとも厳重に施錠された最大の檻の前にタージャクを下ろした。とりわけ大柄で下劣そうな警備員が、金属格子のはまった檻の扉を開けた。泥まみれの苦力が二人、転がるように外に出てきて、その場にいた全員を驚愕させた。

「おっと。今朝こいつらを出しておくのを忘れてたぜ」警備員の一人がにやにやしながら言った。

苦力たちは相手の気が変わらないうちに、ほうほうの体《てい》で姿を消した。たくましい警備員が二人で、ぐったりしたタージャクの身体を突いたり蹴ったりしながら檻の中に押しこんだ。扉が閉じ、がしゃんと鍵のかかる音がした。

二人が汗を拭って制服を整えると、シンが命令した。

「真昼の太陽に照らされれば、少しはおとなしくなるだろう。今日のことを後悔させるいい方法を思いつくまで、ここに閉じこめておけ……そのあと殺してやる」

駆けつけていたマラケシュはすべてを見ていた。最初はほっとしたものの、タージャクの様子を見て、シンに抗議する。

「水くらいやらないと！」

「水が必要になるほど長生きはしないさ。この野良犬を心配するきみのほうがむしろ心配だな」

その視線は金属さえ溶かせそうなほどだった。

シンはマラケシュを暑熱の中に残し、空調のきいた部屋に戻った。ドクター・グリーリーが警告する。

「注意したほうがいいぞ、マラケシュ。自分の立場をわきまえるんだ。さあ、とにかく中に入ろう」

16　テラピン・ステーション

やがてとうとう夜がボルネオ1の駐屯地に平安をもたらした。バンガローの明かりもすべて消え、ふたたび太陽が山並みの上に顔出すまで、誰もが少しでも眠りを貪《むさぼ》ろうとする――この仮住まいの世界が闇に包まれる時間はあまりにも短い。シンはマラケシュのバンガローを訪ねたが、ドアには鍵がかかっていた。シンは苦笑しながら、ここ数日のできごとを考えれば、自分もすぐに眠りに落ちてしまうだろうと思った。

自室に戻る途中、シンはドクター・グリーリーの部屋から聞こえるいびきに気づいた。明かりが消えたのはシンの部屋が最後だった。

月明かりの下、二人の監視者がタージャクの檻に近づいた。話しながら囚人を嘲笑する。一人は〝軽油〟と表示された缶を手にしていた。

「さんざん仕事を邪魔してくれたな、ジャングル野郎。おれたちはこの岩のかたまりに遊びにきてるわけじゃないんだ。こいつは陽が昇ったとき、おまえが確実にここにいるようにするためだ」

男は缶の中身を格子越しに檻の中にぶちまけた。

「妙なまねをしたら、人間松明にしてやるからな」

「ばかが！　言葉がわからないんだぞ」ともう一人が言う。

「言いたいことは伝わるさ。だめなら朝食は猿の丸焼きだ！」

タージャクの軽油まみれの手が宙をつかみ、二人の監視者は笑いながら去っていった。


シンのいる建物の上にそびえる高い木の上から、ボーイは慎重に地上へと下りていった。屋根の上の探照灯の光が届かない影の中で、子猿は空気のにおいを嗅ぎ、どんな物音も聞きもらすまいと首をかしげた。裸の猿たちは嫌なにおいがするので、どこにいるのかすぐにわかった。あたりにいる人間全員の位置を確認すると、ボーイは立ち上がった。駐屯地に忍びこんで最初に偵察しておいた倉庫に向かって大急ぎで駆けていく。大型フォークリフトの横をまわりこんだとき、予期していなかった人間にぶつかりそうになった。あわてて停止し——目をグァバの実のように丸くして——大きなミスを犯したことに気づく。

月明かりを浴びて目の前に立っているのは、雄の警備員ではなかった。豪華な紫のシルクのドレスを着たマラケシュだ。最初、ボーイの嗅覚はそれを〝人間の雌〟と判断した。ジェーン？　いや、においが違う。ボーイは身構えて後退した。これほど風変わりな生き物を見たのははじめてだった。本人のにおいを覆い隠しているのはジャスミンの香りだろうか？　何て興味深い。

マラケシュは腰をかがめ、子猿をなだめようとした。ゆっくりとてのひらを広げ、武器を持っていないことを示す。

「ほら、いい子《ボーイ》ね、おいで。においを嗅いでみて。何もしないわ」

ボーイは首をかしげた。〈金色の毛のジェーンもこんなふうに近づいてきた。きっと同じ部族の姉妹なんだ。今確かに〝ボーイ〟って呼んだ。信用できるに違いない〉

マラケシュは子猿の気持ちが動いたのを感じ取り、重ねて呼びかけた。

「おいで。何もしないわ。シンが集めた動物じゃないのはわかってるの。ジャングルマンを助けにきたのね？　あの人を知ってるんじゃない？」

ボーイには言葉の意味はわからなかったが、この人間の雌は役に立ちそうだと思えた。手のにおいを嗅ぐ——思ったほど安全ではなかったら、すぐに逃げられるようにして。マラケシュはその手をボーイの頭の上に持っていき、耳のうしろを掻きはじめた。

〈むむ、ママみたいだ。あの頭に来るノミを見つけてくれるかもしれない〉

マラケシュは相手が陥落したのを感じ——また男を虜にしたわ——ゆっくりと立ち上がった。

「お友達を助けにきたなら、いっしょにいらっしゃい。考えがあるの。おいで、いい子《ボーイ》ね」

〈まただ。どうして知ってるんだろう？〉

ボーイは手ぶりで〈ついていく〉と伝えた。

マラケシュのあとから歩きだした子猿は、彼女のスカートをつかんで闇の中に消えていった。


チェスターはマラケシュが子猿を連れて小屋に入ってきたのを見て目を丸くした。幸い、同室の男は製材所のほうに駆り出されていた。

チェスターは警戒する様子を見せた。

「どうしたんです、それ？　だいじょうぶなんですか？」

ボーイは驚いてマラケシュのスカートの陰に隠れた。

「どうやら味方みたいよ。ジャングルマンを知っていて、助けにきたらしいの」

チェスターは半信半疑で、オオナマケモノに襲われたときの傷痕を無意識に撫でた。

「借りを返してもらうわ……メムサヒブ・ジェーンを助けることにもなるかもしれない」

「警備員はどうするんです？　そんな子猿に、金属の格子をどうにかできますか？　あれはチタン製だ。おれたちだって手に負えませんよ」

「もちろん破壊するのは無理だし、錠前破りを教える時間もないけど……警備員の目を盗んでジャングルマンに近づいて、何か役に立つものを渡すくらいならじゅうぶんに可能だわ。何を渡せばいいと思う？」

「おれの銃とか……」

「使いかたを知ってると思うの？　たとえまず自分の頭を吹っ飛ばさなかったとしても、拳銃一挺でシンの警備員全員を相手にするなんて……無理だわ」

マラケシュは髪を片側に掻き上げ、秘密めかして顔を寄せた。

「ひとつだけ可能性があるとすれば……」

二人は計画を話し合いはじめた。子猿もわからないなりに聞き耳を立てた。

闇の中を子猿サイズの生物が、不器用に何かを引きずりながら虎の檻に近づいていた。車輛や小屋などさまざまなものの陰に身を隠しながら進んでいく。檻の列の一方の端にいる警備員がトイレに行くため持ち場を離れるのを待ち、その生物はすばやく檻に駆け寄ると、順次においを嗅いでいった。もちろんそれはボーイで、幸いにもタージャクの檻はもう一人の警備員から遠い側に位置していた。もっともその警備員はしょっちゅう居眠りしていたが。

檻の中でタージャクは軽油のかかった目をしきりにこすっていた。そのときディーゼル燃料の悪臭に混じって、旧友のにおいを感じた。手を伸ばすと檻の強度を確かめているボーイの手があった。両者は小声で家族の挨拶を交わした。見張りに気づかれないよう、細心の注意を払って。タージャクは不安になっていた。子猿がどれほど不注意かよく知っていたのだ。大猿の言葉で、その場から追い払おうとする。

「アブン・ジャ！　逃げろ！」

ボーイがささやき返した。「今すぐ助ける！」

金属が格子にぶつかるかすかな音がして、ボーイが何かを檻の中に滑りこませた。タージャクは闇の中を手探りしてそれを見つけ、ボーイはすぐに姿を消した。トイレに行っていた警備員が戻ってくる。タージャクは金属製の差し入れ品をまさぐった。ハ・ワードが〝シャベル〟と呼んでいたものだ。教授が似たような道具を使って地面を掘り、古くなった果実や野菜を埋めるのを、興味と驚異の目で何度となく眺めたものだった。そこから新たに植物が芽を出すのはとても不思議で、彼は思わず、「おお……食べ物が！」と声を上げたものだった。

タージャクは雨と自分の体液で柔らかくなった地面にしゃがみこんだ。彼はシャベルの強度を確かめ、わずかに射しこむ月明かりで細部を検分した。

楽園の新たな一日が始まり、雲ひとつない朝空を最初の陽光が貫いた――ほとんどの人間にとって早すぎる朝の到来だ。だが、仕事と金が待っている。目覚めた駐屯地に人の気配が満ちはじめた。眠そうな召使いが一人、虎の檻の少し先にあるトイレ区画にごみバケツを運んでいく。中身が少しこぼれ、すばしこいネズミが一匹、餌を求めて駆け寄っていった。ネズミはにおいを嗅ぎ、そっぽを向いて巣穴に逃げ帰った。ごみを漁る小動物さえ見向きもしないものなのだ。

警備員の一人がじっとそれを見つめていた。見張りの単調さを破ってくれるなら、どんなものでも歓迎する気になっている。

「おい、それをこっちに持ってこい。トイレまで行く手間を省いてやる。もっといい使い道があるんだ」

召使いは悪臭ふんぷんの荷物を厄介払いできるので、喜んで警備員の言葉に従った。向きを変えて檻のほうに歩きだす。警備員は召使いに近づきながら、金属の警棒で檻の格子を打ち鳴らした。

タージャクの檻の前まで来ると、「起きろ、豚野郎。おまえの朝飯が来たぞ」と声をかける。

と、地中から大きな人間の手があらわれ、男の足首をつかんだ。泥が飛び散り、タージャクの姿がいきなり二人の目の前に出現する。警備員と召使いはその場に凍りついた。

武器を持っている自分のほうがまだ有利なのだということに警備員が気づく前に、タージャックは手にしたシャベルを相手の両腿に叩きつけた。警備員が苦痛に身をかがめたところで、シャベルで背骨を一撃する。男はゆっくりと、周囲にまき散らされたごみの中に倒れこんだ。召使いはとっくにごみを放り出し、できるかぎり安全な距離を取ろうと駆けだしていた。

チェスターの小屋の暗がりの中で、マラケシュが笑みを浮かべた。

外ではタージャックが物陰から物陰へと移動しながら、自分を助けようとした女性を探していた。危機に陥っているに違いない。ボーイは倉庫の屋根に登り、もう姿が見えなくなっていた。東に向かったようだ。日の出の方角遠くに土埃の雲が見え、それが近づいてくるのがわかったのだ。タージャックは北に作業員宿舎を見つけ、そっちに走っていった。建物の角を曲がったとき、グラヴィスと二人のハンターに出くわした。ハンターはどちらもモグールに引けをとらないほどの巨漢だ。

相手もタージャックと同じくらい驚いて、一瞬凍りついた。ここでもやはりジャングルの本能が相手の反応を上まわり、タージャックが機先を制した。三人に体当たりして武器を跳ねとばす。それでも三対一だ。グラヴィスは蕃刀《ボロ》を抜いたが、ハンター二人は予備の武器を持っていなかった。

明らかに優位に立っているのに、ハンターたちの戦意は低かった。得意なのは待ち伏せ攻撃だが、これは正面きった戦いだ。グラヴィスは毛深いほうをナイフでつついて前進させようとしたが、男はまだためらっていた。とうとうグラヴィスは二人の背中を強く押し、ジャングルマンに向かって突進させた。

タージャクはそれを迎え撃ち、強力な拳が二人のみぞおちを直撃した。肺から空気を叩き出された二人は、反射的に腹部を押さえて丸くなった。タージャクの左右の腕がそれぞれの首を抱えこみ、すさまじい膂力《りょりょく》で身体を持ち上げた。足を上にして抱え上げられた二人は激しく宙を蹴り、まるで逆さになって自転車を漕いでいるかのようだ！

だが、すぐに二人はもがいても無駄だと悟り、次に来るものを観念して待ち受けた。タージャクはグラヴィスを見つめた。相手は目を丸くして茫然と立ちつくしている。タージャクは笑みを浮かべ、ゆっくりと大きくうしろに倒れこんだ。そのままの勢いで、抱えこんだ二人の頭を地面に激突させる。鈍い音が響き、二人は苦痛のあまり転げまわって息をあえがせた。たとえまだ戦意が残っていたとしても、肩を砕かれ、頸椎を捻挫した状態で戦うことなど不可能だった。

タージャクは立ち上がり、かろうじて刃をかわした。グラヴィスは狂乱し、無意味に蕃刀を振りまわしている。タージャクは人間の奇妙な行動にとまどっているようだ。大猿がそんなふうになるところは見たことがなかった。その前に降伏の合図を出しているだろう。

グラヴィスは自暴自棄になり、蕃刀をタージャクの胸めがけて投げつけた。タージャクは心臓の数センチ手前の空中でそれを受けとめた。はじめて手にするタイプの刃物をまじまじと検分し、下帯に刃を押し当ててみる。これはもらっておこう。

グラヴィスは重機倉庫の壁際までじりじりと後退した。逃げ場はどこにもない。誇り高い大猿なら降伏するところだが、彼は慈悲を乞いはじめた。

タージャクは瞬時に肉薄した。シンの手下はすくみ上がった。その両耳をつかみ、目の高さが同じになるまで持ち上げる。恐怖の視線と決意の視線が絡み合い、タージャクは相手を固い岩壁に勢いよく叩きつけた。グラヴィスの行状はどうあれ、気分の悪くなりそうな音が響いた。タージャクが後退しても、グラヴィスの身体は岩壁に貼りついたままだった。次の瞬間、その身体が滑り落ち、ぐったりと地面にくずおれた。岩壁には血の痕が残った。

タージャクは勝利の雄叫びを上げ――自由に向かって駆けだした。

シンとドクター・グリーリーは食堂の長いテーブルの両端に腰をおろし、朝食をとっていた。ドクターがポーチドド・エッグにスプーンを入れようとしたとき、雄叫びが聞こえた。ドクターは驚いて手もとが狂い、卵の黄身をテーブルにぶちまけた。

シンはドクターに悪態をつきながら席を蹴って立ち上がり、ライフルを持ってこいと叫んだ。召使いがスコープ付きの自動小銃を手渡すと、シンはドアから飛び出していった。

中庭に出たシンは警備員に集合を命じた。監視者が数人、銃を装塡しながら駆けつけてくる。シンはその一人の襟首をつかんだ。「逃げられたのか？」

その不運な男は見張りではなく、ジャングルマンを檻に閉じこめておくのはどう考えても彼の仕事ではなかったが、シンはいつも持っている乗馬用鞭でその男の額を割った。不運な男の傷口から血が流れ落ちた。

シンはあちこちに向きを変え、目を凝らし、首を伸ばし、耳をそばだてた。聞こえるのは目覚めはじめた駐屯地の物音ばかりだ。ジャングルから聞こえるキンカジューの声が、まるで人を小ばかにしているかのようだった。

タージャックは駐屯地の境界のフェンスに到達し、一跳びに飛び越えた。道の先から一台のジープが、土埃を上げ、小石を跳ねとばしながら猛スピードで近づいてきた。タージャクは身構え、グラヴィスの蕃刀を抜いた。

最後の瞬間にジープは急ブレーキをかけ、三百六十度回転して停止した。あたり一面に立ちこめた土埃を透かして、後部のロールバーに命からがらしがみついているボーイの姿が見えた。運転しているのはジェーンだ！

ハワード教授が声をかけた。「乗れ、坊主。悪党どもがすぐに来るぞ！」

それと同時に周囲に銃弾が降り注いだ。タージャクは振り向きもせず、ジープの後部に飛び乗った。ジェーンが車を急発進させた。

土煙のせいでシンは狙いをつけられなかった。弾倉がからになるまで、とにかく撃ちまくる。憤怒の形相に恐れをなした警備員たちは、そんなシンを遠巻きにしていた。

17　愚かな心《フーリッシュ・ハート》

迎えにきていたのはハワード父娘だけではなかった。事前に決めておいた場所で、彼らは苦力部隊と合流した。嵐はとっくに過ぎ去り、陽光が予備バッテリーをすばやく効率的に充電した。電気分解した水素燃料がなくても、一度に百キロまでは走行できる。少人数に分かれたことで、製材所や監視所を避けながらでも、三日とかからずにジャングルの奥の隠れ家に戻ることができた。

午前中なかば、タージャクとボーイは調査と食糧調達を数時間前から続けていた。ジェーンは調理場で食事当番の仕事を終えたばかりだった。

「パパ、ちょっといいかしら」

「なんなりと。どうかしたのかね？」

「タージャクのことよ。もう気がついてると思うけど、ひどい目に遭ってから少し変わったわ」

「ああ、そうだな。以前ほどお気楽ではなくなったようだ」

「それもだけど、質問を……わたしには答えられないような……意味のよくわからない質問をするのよ。自分の同族になぜあんな仕打ちをするのかって。残忍さというのは、タージャクにはまったく未知の概念だったみたいね。野生の猫は捕まえた獲物で遊んだりしないのかって尋ねてみたわ。ほら、飼い猫みたいに」

「タージャクはなんと答えた？」

「笑ってたわ。自然の中でそんな贅沢は許されないみたい。獲物はすぐに食べるか隠すかしないと、屍肉《しにく》漁《あさ》りに横取りされてしまうんでしょう」

「まあそうだろうな。それで、概念は伝えられたかね？」

「残忍さの概念？　自分でやってみるといいわ。言葉にするとすごく気分が悪いから」

「人間がなぜ同族に対してばかげたことをするのか理解するには、まず〝文明〟というものを経験する必要があるだろうな。ところで、今はとりあえずこの楽園が提供してくれるものを楽しもうじゃないか……せめてシンとの再戦の準備ができるまでは」

「ええ、そうね。でも、もしまたタージャクがわたしを質問攻めにしてるのを見たら、遠慮なく飛びこんできてね」

「おまえが三つのとき、おまえの母さんも同じことを言っていたものだ」

「パパ……」

外のジャングルではタージャクとボーイがバオバブの木の高い枝の上に座っていた。バスケットいっぱいに木の実を集め、地上にじっと目を注いでいる。大型の動物が下生えを踏みしだいて歩く音が近づいてきた。

やがて姿が見えた。大きなバクに似た齧歯類で、猪のような牙があり、盛り上がった背骨は地虫を掘り出すのに適している。それがバオバブの木に迫ってくると、木の上の二体は身構えた。

ボーイがまず手を出した。大きな木の実を一個、バクの鼻面に投げつける。命中！　バクは鼻を鳴らしてあたりを見まわしたが、何もいないのでまた地虫掘りに戻った。次はタージャクの番だ。木の実を投げ……わずかにはずれる。ボーイが声を殺して笑った。次に子猿が投げた木の実はバクの尻に命中した。バクは鼻を鳴らして振り返り——すでに戦闘態勢だ。その原始的な脳は、苛立ちの種が頭上から来ていることにまだ気づかない。やはり何もいないので、バクは顔を上げて歯を剝き出し、風のにおいを嗅いだ。かすかなにおいを感じたが、場所はわからない。バクは警告するように三度咆哮し、地虫探しに戻った。

タージャクは腰を浮かし、枝に足がしっかりかかっていることを確かめた。ボーイが後退する。タージャクの手には蕃刀《ボロ》があった。バクがさらに近づいてくる。タージャクは跳躍し……バクの背中に飛び移った。バクはロデオの馬のように竿立ちになり、振り落とそうとする。タージャクは両膝をバクの脇腹に食いこませ、短いたてがみをつかんでバランスを取った。絶対に振り落とされないよう、懸命にしがみつく。

バクはとうとう振り落とそうとするのをあきらめた。動きを止めて息を整え、次の手を考えている。ボーイはたぶん地面を転がるだろうと予想した――それで背中に乗っている者を押しつぶせる。タージャクも同じように考え、バクの右側に身を乗り出すと、蕃刀で喉を掻き切った。血が噴出し、バクは自分の死を悟った。タージャクは慈悲の一撃で脊髄を切断し、バクはその場に倒れた。

数時間後、教授はうまそうなにおいをさせるバクのリブ・ステーキを昼食用に焼いていた。タージャクはどうやってバクを倒したかを身ぶり手ぶりで大げさに説明し終えたところだった。とくにボーイといっしょに木の実で獣を挑発したところを詳しく描写する。

ジェーンは明るい表情になり、わけ知り顔の笑みを浮かべた。

「それよ！　わたしがずっと説明しようとしてきたのはそういうことなの。あなたたちがバクにしたのと同じことを、シンはあなたにしたってこと。それを〝残忍さ〟と呼んでいるわけ。わかった？」

タージャクはまだ納得できないようだった。

「おれ、バクじゃない」

タージャクが脱出してから二週間後、シンはドクター・グリーリーを従えてベランダに立ち、二人の副官が部下たちに武器を配るのを眺めていた。部下たちは五列に並び、炎暑の中に直立不動で立っている。

シンはドクターに向きなおった。「主要道は片づけて整備しなおした。残っているジャングルに接する地域にはパトロールを巡回させている。敵を発見したら、ただちに攻撃に移れる。当面、本隊は製材所に露営させている」

ドクターはなかばからになったハイボールのグラスを上げた。

「勝利に乾杯しましょう。勝利に」

そう言って残りを飲み干す。シンは不快そうにそっぽを向いた。

「あの魔女はどこに行った？　マラケシュ！」

武器の支給が終わると主任監視者が右手で合図し、部隊を率いて足早にメイン・ゲートに向かった。

ドクターは一人で取り残された。ふたたび満たしたグラスを遠い山並みと眼下のジャングルに向かって上げる。「勝利に。勝利に……」

マラケシュはシンとその部隊が見えなくなると、日除けのドアの陰から姿をあらわした。

もはや媚びを含むこともなく、「そんなに酔っていてはわからないでしょうけど、ここが人生の転換点よ……よくなるか悪くなるかはともかく。どっちにせよ、しらふでいてちょうだい。将来がかかっているの」

「わかったよ。この一杯で最後にしよう。だが、二日酔いは残りそうだな」

「もっとひどい状態の男を世話したこともあるわ。だいじょうぶよ」


小さな滝が滝壺に流れ落ちる中、宵闇が迫りはじめた。ハワード教授は小さな焚き火でヤムイモをあぶり、子猿はふざけてそれを盗もうとしていた。

タージャクは大きな木の下で、矢を一本ずつ確認しながら矢筒に収めていた。その真剣な表情から戦闘を予期しているのがわかる。だが、滝の下からジェーンがあらわれると、彼の集中は途切れた。ジェーンは濡れたTシャツの下に何も着けておらず、同族を知らずに育った男の抑圧された感情をかき乱した。

タージャクは矢筒を捨てて水辺に走り、完璧なダイビングで水中に飛びこんだ。力強い泳ぎでたちまちジェーンに近づく。彼女はふざけて水を顔に跳ねとばし、泳ぎだした。タージャクは水中に潜り、彼女の目の前に浮上した。

岸では教授がヤムイモや器具をまとめていた。

「来るんだ、ボーイ。邪魔者は退散しよう」

ボーイは首をかしげた。人間が発する声はどうも理解できない。

〈どうしてぼくたちみたいに話すことを覚えないんだろう？タージャクはできるのに〉

ジェーンはタージャクの腕を逃れ、二人はときどきイルカのように水面から跳ね上がって泳ぎつづけた。水底を照らす月明かりがタージャクとジェーンの姿を水中バレーのように浮かび上がらせた。身をよじり、ターンして、やがてジェーンはふたたびタージャクの腕の中にいた。水面に出てくると……二人はたがいに見つめ合った。タージャクは新しい感情にとまどっていた――が、ジェーンは自分がリードする気持ちになっていた。身を乗り出し、ディープ・キスをする。タージャクは自問した。〈なぜこんな？　猿が鼻でることを……人間は……おおう！〉

ジェーンの手が絹のような肌をゆっくりと撫で下りて、タージャクの腰をつかんだ。タージャクは新たな世界に入りこみ、猿たちの世界を永久にあとにした。

18　西ＬＡの衰弱《ウエスト・ＬＡ・フェイドアウェイ》

製材所の露営地は沸き立っていた。兵員輸送車には機関銃が設置され、ジャングル用の真新しい巨大なタイヤを装着した耐地雷奇襲防護車《ＭＲＡＰ》が一台、シンの司令用テントの前に移動する。機関銃を装備したジープが三台、輸送車から下ろされてＭＲＡＰの後尾につき、テントの前に整列した。土埃がおさまるとシンが出てきて午前中なかばの太陽を見上げ、顔をしかめた。狩りの妨げになる雨雲が見当たらないので機嫌はいいらしく、軽やかに階段を下り、待っているＭＲＡＰ司令車に乗りこむ。途中で一瞬だけ足を止め、ハンター部隊を監督する生意気な監視者、ポヴィッチの敬礼を受けた。どうやらこの男がグラヴィスの後釜らしい。額の片側から反対側の頬まで長い傷痕が走っており、本人は戦闘時の名誉の負傷だと吹聴している。（むしろバーで喧嘩をした傷のように見えるが）

「ジープ三台に機関銃を積み、弾薬も装填しました、ラジャ・シン。いつでも出られます」

「わたしは二日前から準備できている！　出発しろ」

たはずだ）

（ポヴィッチはよほど頑張らないとボルネオ1のラジャを感心させられないことを実感し

ほかの三人の監視者がポヴィッチにうなずきかけ、三台のジープに乗りこんだ。運転席の横の特等席だ。開け放した窓からライフルの銃口が空に向かって突き出している。ポヴィッチは準備が整っているのを確認し、片手を上げて前進の合図をしたあと、シンのMRAP司令車に飛び乗った。

兵員輸送車は司令車のあとに続き、速度を上げて出口を通過し、主要道に出た。シンの運転手はすばやく窓を閉め、土埃が入りこむのを防いだ。シンはまだハンカチで鼻と口を覆っていた。

「酸素吸入器を出しましょうか？」と運転手。

「いいから運転しろ」シンが言った。

マラケシュは自分のバンガローの二階の窓から遠いジャングルを見つめていた。無言で両手を組み、握りしめる。ドアに静かなノックの音がした。チェスターだった。ようやく隠れ場所から出てきたのだ。狂気の男が戻ってくるまでのことだが。

「製材所の露営地を出発したみたいです、メムサヒブ。目撃情報があったとか」

マラケシュはまた数珠を引っ張り出した。

母屋でドクター・グリーリーがラウンジのいちばん上等な椅子にどさりと腰をおろした。

「アスピリンとキニーネが欲しいね！　マラケシュは本当に世話してくれるんだろうな」

ドクターはそうつぶやくと、げっぷをして椅子に沈みこんだ。


翌日の夜明けとともに、タージャクが〝武器庫〟から姿をあらわした。片手に巨大な弓、もう一方の手にはやや小ぶりな弓を持っている。そこにジェーンが合流した。

「ほかのみんなはパパといっしょに出発したの？」

タージャクはうなずき、小さいほうの弓をジェーンに手渡した。二人は顔を見合わせてうなずき合い、矢をいっぱいに入れた矢筒を背負った。ボーイがさえずり声を上げ、飛んだり跳ねたりして注意を引いて〈ぼくのはどこ？〉と尋ねたが、その日ばかりは無視された。これは戦争なのだ。


その近くでシンの部隊がごくゆっくりと、伐採道に沿って藪や岩屑のあいだを進んでいた。シンは車内で寛いでいるが、ハンターたちは車から降り、散開して脱走者やジャングルマンの痕跡を探している。ジャングルの動物たちは姿が見える前にその音を聞きつけ、巣に逃げこんで危険が通り過ぎるのを待った。

三つの分隊はそれぞれ監視者一名とハンター五名で構成されていた。いちばん遠くを進む一隊は強行軍を強いられ、しばらく休息を取っていた。落石や倒木に腰をおろして軽食をつまみ、武器をチェックする。誰もが神経質になっていて、何か音がするたびに銃声が木々のあいだに響きわたった。

突然、右手の藪がさがさと音を立てた。全員がライフルを構えて立ち上がる。まず鼻先が見え、そのあと動物の全身があらわれた。大型犬ほどもあるヤマアラシが蔓草のあいだから出てきたのだ。その巨大なヤマアラシには……豚のような鼻と駱駝のようなこぶがあった。近眼らしく、そこでようやく人間たちの存在に気づいて足を止め、ロバのような鳴き声を上げた。そのあまりにも奇妙な声に、ベテランのハンターたちも思わず笑い声を上げた。

ハンターの一人が仲間を挑発した。

「なあ、ブラウニー、あのばかげた動物の鼻にキスできたら五ダカットやるぜ」

「触ったら三ダカットでどうだ？」

「決まりだ！」

ブラウニーと呼ばれた男が慎重に近づいていくと、ヤマアラシはその男に向きなおった。棘だらけの平たい尾はうしろの地面に垂れている。男たちはブラウニーのうしろから声援を送った。

「いいぞ、ブラウニー。そいつおまえが気に入ったみたいだ！」

ハンターたちの聞き慣れない叫び声と笑い声に、ヤマアラシは耳を動かした。

（この男たちはヤマアラシを一度も見たことがなかったに違いない。野生保護区においてさえとっくに絶滅した生物なので、それも無理はなかった）

ブラウニーがゆっくりと片手を鼻先に伸ばすと、ヤマアラシは舌を出して指先を舐めた。

ハンターはあわてて手を引っこめ、男たちは大きな尻尾がすばやく持ち上がったのを見て喝采し……その尻尾から金属の矢のような多数の棘が飛来して、男たちの顔といわず首といわず、服で覆われていようがいまいが、あらゆる場所に突き刺さった。

（この分隊がふたたび戦えるようになるのはかなり先の話だろう）


別の分隊は密生した木々のあいだを通り抜け、巨大な鉄木が林立している場所に出た。そこだけ樹冠が周囲のジャングルよりも高くそびえている。

「ここなら歩きやすそうだ。ペースを上げるぞ」と分隊長が声をかけた。

ハンターたちは山刀を鞘に収め、鉄木の林に踏み入った。ダニに注意し、ズボンやシャツにくっつく植物のイガを払い落とし、ヒルに血を吸われないよう警戒していたが、本当の危険が存在する上方に目を向ける者はいなかった。突如として、ツリースネークの大群が分隊の上に雨のように降り注いだ。ヘビは身体を平べったくして、長さ百二十センチの帆のようだ。男たちはパニックになって腕を振りまわし、跳ねとばされずに標的に嚙みつけたヘビは数匹しかいなかった。この最初の数匹に嚙まれた犠牲者は幸運だった。喉の近くを嚙まれた場合、ほとんど苦しみのない、すばやい死が訪れる。ほかの者たちはうごめくヘビに四方を囲まれて逃げ場もなく、何度も何度も嚙みつかれ、神経毒を注ぎこまれた。数分ですべてが終わり、いつものジャングルの音がゆっくりと戻ってきた。

伐採道沿いに移動していた隊列が停止した。シンが司令車から降りてきて、ポヴィッチに声をかけた。

「報告がないとはどういうことだ？」

「内陸側に展開した分隊から応答がありません。第三分隊は異状なしと報告してきましたが」

「第二分隊もだな？」

「はい。異状なし、トイレ休憩中とのことでしたが、そのあと応答がありません」

そう答えながら、ポヴィッチはしきりに通信機のダイヤルをまわしつづけていた。

シンは怒りをあらわにした。

「通信衛星の使用を認めなかった官僚どもめ。これだけ離れると、通信塔だけでは不安定だ。運転手どもに言って、探しにいかせろ」

ポヴィッチは反対しようとしたが、シンの鞭のほうがすばやかった。

「さっさとしろ！」

ポヴィッチは血のにじむ唇を動かして答えた。「わかりました」

ハワード教授とその軍団は伐採道を見下ろす高台のエレファント草の陰からシンたちの様子を双眼鏡で観察していた。シンとその副官らしい男が、残っていた四人の運転手をジャングルに追い立てている。

「ははは、どうやら主力部隊に何かあったようだな。あの四人を尾行して、一人ずつ片づけるのは簡単だ」教授は小さく笑った。「都会育ちをガイドもつけずにジャングルに放りこんではいかんよ、ラジャ・シン」

司令車に戻ったシンは、急にひどい孤独を感じた。最後の四人を送り出したのは、やや性急すぎたかもしれない。唯一の護衛であるポヴィッチを鞭打ったことも後悔していた。もしもあいつが叛逆したら？　自分の身が心配になってくる。

「ポヴィッチ！　第三分隊をすぐに呼び戻して、状況がはっきりするまでここに待機させろ」

無線は雑音ばかりだったが、やがて第三分隊が応答した。

「二時間はかかるそうです。伐採道から少し離れても構いませんか？　そのほうがM50の射界が広く取れますから」とポヴィッチ。

「ばかめ、当然だ！　だが、その前に製材所の連中を呼び出せ！」

ポヴィッチが通信機をいじると、製材所の露営地にいる通信士官が応答した。シンはマイクをつかんだ。「ヘリコプター二機に武器を積んで、すぐに出発させろ！」

「了解」と通信機の声。「そちらの位置はわかってます。すぐ準備にかかります」

「見ていろ！」シンがポヴィッチに言った。「これで終わりにしてやる。たとえ契約を失うことになってもだ！」

「はい」ポヴィッチにはこの遅れが自分自身の収入も直撃することがわかっていた。

苦力軍団はジャングルに慣れていたので、四人の運転手にたちまち追いついた。側面から接近し、騒々しく進んでいく四人を監視する。

運転手たちは顔を伏せがちにして、邪魔な蔓草を切り払いながら進んでいた。バルサムの大木の陰にひそんだ苦力の射手には気づきもせず、そのまま通り過ぎる。最後尾の運転手が足を止め、ブーツをなおした。致命的なミスだ。矢は首に命中し、断末魔のかすれ声は前方の三人の立てる物音にかき消された。

苦力が木陰から出てきて、鳥のさえずりをまねて仲間に成功を知らせた。進みつづける残りの運転手たちも同じ運命に見舞われるはずだった。

ジェーンとタージャクは最後のハンターの一隊を発見し、監視しながらチャンスを待っていた。見ていると連絡が入り、第三分隊は今来た道を戻りはじめた——全速力で……二人のいるほうに！

道を見下ろす木の上で、タージャクはジェーンに隠れていろと手ぶりで合図し、蔦から蔦へと飛び移って姿を消した。ジェーンは抗議する暇さえなかった……。

男のこういう行動って腹が立つわ。自分の面倒くらい見られるのに……はっきりわからせてやらなくちゃ。

ジェーンは蔦をつかみ、音もなく地上に下りた。別の物陰に移動すると、彼女は弓に矢をつがえた。

ハンターたちは一列で移動していた。帰りの足取りは軽やかだ。それでもまだ山刀を手に、残っていた下生えを切り払いながらの行軍になる。そのため、前を歩く仲間から安全な間隔を取って進まなくてはならない。

ジェーンは菩提樹の大木の陰で隊列をやり過ごした。一人また一人と、二十メートルと離れていないところを通過していく。最後の一人が通り過ぎるとジェーンは狙いをつけ、音もなく矢を放った。必殺の一撃だったが、狙いは思ったほど正確ではなかった。男は鋭い声を上げて枯れ葉の中に倒れ、残る四人の注意を引いた。

駆け戻って倒れた仲間に刺さった矢を見た四人は敵の存在に気づいた。防御隊形を取って姿勢を低くし、出方をうかがう。

ジェーンは菩提樹の幹にぴったりと張りつき、息を殺した。しばらくは膠着状態が続き、どちらも先手を取ることができない。と、キツネザルのような動物がぶらぶらとジェーンのそばを通りかかった。彼女のにおいに気づき、あわてて安全な場所に逃げていく――ハンターたちの注意を引いて。

分隊長が無言で合図し、全員がジェーンのいるほうに動きだした。逃げるしかない。ジェーンは弓と矢筒を捨て、一目散に駆けだした。あちこちに方向を変え、背後から銃弾が飛んでくるのを覚悟して。

最初の一発が右側の木の枝を吹っ飛ばし、彼女は左に向きを変えた。ちらりと背後をうかがうと、ハンターたちが距離を詰めてきている。ジェーンは恐怖に駆られてさらに速度を上げ、もううしろは見ずに、ただひたすら逃げ道を探した。右手にそれが見えた。枯れ枝を拾って、まっすぐ倒木に駆け寄る。落雷で幹のまん中から二つに折れたようだ。銃弾が肩をかすめ、幹にめりこんだ。木が生き返ったように見えた――ぶんぶんと羽音を立てて、黄金色の虫が飛びまわりはじめる。ジェーンは倒木の下に駆けこみ、手にした枯れ枝をスカッシュのラケットのように振って最高のバックハンドを決めた……巨大なスズメバチの巣を枝から叩き落としたのだ。巣は迫ってくるハンターたちのほうに転がっていき、数千匹の怒り狂ったスズメバチが追っ手を出迎えた。

悲鳴が響き、ジェーンはなんとかこの場を切り抜けたことを悟った。身体を二つ折りにして息をあえがせていると、やがて悲鳴が聞こえなくなった。彼女は倒木を離れ、頭上の木々を見上げた。

「タージャク、どこなの？」

19　計算《レコニング》

司令車の中ではポヴィッチが通信機にかじりついていた。

「ヘリは二機とも給油を終えました。川沿いの補給基地からこちらに向かうので、二時間以内には到着の予定です」

「二時間か！　それまで何をするかな」シンはしばらく考えた。「よし、呼び戻した連中をあと十分だけ待って、それまでに戻ってこなかったら出発する！　こんな丸見えの場所で夜を過ごす気はない」

シンは小銃と拳銃をダブルチェックした。エアコンは効いているが、頬には汗が流れていた。

「了解」ポヴィッチが答えた。

ハワード教授は岩の上の安全な場所から司令車を監視し、シンが次に打つ手のヒントを探していた。苦力軍団を作戦行動に送り出してから一時間、娘を最後に見てから三時間以上になる。不安は増すばかりだった。

眼下で司令車のドアが開き、シンの手下が出てきた。MRAPの後部にまわって、双眼鏡を取り出すのがわかった。ただ、男は伐採道に目を向けず、遠い川のほうの空を眺めていた。

「おっと、これはまずいな」教授は岩場を離れ、もっと接近しようとした。木々に隠れて慎重に近づいていくと、足音が聞こえた。一人ではない。急ぎ足ではなく、きわめて慎重だ。教授は身を固くして待った。長弓に矢をつがえ、いつでも撃てるようにしている。と、よく知っている口笛が聞こえた。苦力軍団が戻ってきたのだ。

抱擁を交わし、全員が無事に帰還したのを知ってほっとする。多少のかすり傷はあったが、想定内だ。

「やりましたよ、サヒブ。大成功です!」一人が笑顔で報告した。

「よくやった、諸君。姿勢を低くしろ。ラジャはまだ下の司令車の中だ。娘を見かけなかったかね？　タージャクは?」

座りこんで休息している全員が首を横に振った。

「便りのないのはいい便りだと思っておこう。新しい問題が生じた。二人にもいっしょに対策を考えてもらいたかったのだが。どうやらシンは航空支援を要請したらしい」

苦力たちはとまどって顔を見合わせた。

「でも、シンは戦闘機なんか持っていませんよ」

「ああ、だが、ヘリコプターに武器を積みこむのは簡単だ。また向こうが優位に立ったということだな。なにか考えはないか？」


一人になったジェーンはおなじみのジレンマに陥っていた。

「とにかくこの場を離れて、なんとか歩いて戻ってみる？　現在位置もよくわからないのに。それともタージャクが見つけてくれるのを待つ？」

結局は一種の妥協案で、徐々に大きく円を描きながら歩きだす。と、何かが木々のあいだを非常にすばやく接近してくるのに気づいた。

一瞬迷ったものの、彼女は声を上げて自分の位置を知らせた。「タージャク！」

大猿の巨体が空から降ってきたかのように、十メートルほど離れたところに着地した。

「よかった。あなたはわたしたちの味方よね」ジェーンは祈るような気持ちで大猿の目を見つめた。相手は侮蔑を感じさせる声で低くうなると、背を向けて歩きだした。ジェーンは眉ひとつ動かさないよう注意し……大猿はおなじみとなった咆哮を放った。

一拍おいてタージャクが木々のあいだに姿を見せ、ジェーンのすぐ横に降り立った。恐怖と緊張がいっきに抜け落ち、ジェーンはタージャクの腕の中でぐったりとなった。だがすぐに回復し、タージャクを押しのけると、無言で自分を叱咤する。

弱々しい女は嫌いなのよ！

気を取りなおして、「どこにいたの？　殺されるところだったのよ！」と食ってかかる。

タージャクはジェーンが何をそんなに怒っているのかわからないようだった。

「隠れなかった？」

「ええ、隠れてなかったわ。わ、わ、わたしは……」

武装した五人のハンターに一人で立ち向かうという愚行を思い、ジェーンは落ちこんだ。

タージャクは淡々とした口調で、そんな彼女の怒りを鎮めた。

「タージャク隠れる言う、ジェーン隠れる」

ええ、次はたぶんそうするわ。


先行するヘリコプターの操縦席の隣で機銃手は50口径機関銃を構え、ジャングルに銃口を向けていた。ヘリは全速で飛行し、操縦士は通信機に向かっていた。

「はい、そちらの信号はキャッチしています。三十分で上空に着きますので、そのまま偵察スキャンをおこないます。敵が周囲にいれば、感熱レーダーでわかります」

雑音とともにシンの甲高い声が響いた。

「待たなくていい。人間の姿をとらえたら、ただちに地表から消し去れ！」

司令車の中ではポヴィッチがショックを受けていた。

「こちらの仲間がまだジャングルにいるかもしれません。敵と区別がつきませんよ！」

「それは本人たちの問題だ。この件はここでけりをつける！」

教授と軍団は木々のあいだに身を隠しながら前進していた。

「そのまま進むんだ。この先に花崗岩地帯がある。今度は相手が攻めてくるのを待ち受ける」

苦力の一人が足を止め、左のほうで何か聞こえたと身ぶりで報告した。全員が即座に武器を構え、姿勢を低くする。

「可能性は二つある」教授がささやいた。「わたしの娘か……敵の増援だ」

合図の口笛を吹く。沈黙……と、望んでいた応答があった。教授は弓を下ろし、娘に駆け寄って抱きしめた。タージャクとボーイもいっしょだった。

「みんな無事だったか！　きっとだいじょうぶだと……」

ジェーンはそれをさえぎった。

「あちこちにかすり傷はあるけど、それだけよ、パパ。タージャクがジャングルのお友達から聞いたところでは、敵はもういないわ。やっつけたのよ」

教授はついてくるよう合図し、片隅の花崗岩の前に移動した。そこからはシンの司令車がよく見えた。部下の一人が外にいて、ボンネットに寄りかかり、北の空を見ている。

「シンはあの車の中にいるはずだ。まず間違いなく一人で、護衛は外にいるあの男だけだろう」

「もうすぐ暗くなるわ。そうしたら攻撃する？　タージャク、どう？」

タージャクが返事をする前に、教授が悪いニュースを伝えた。

「そう簡単な話ではないんだ。シンは確実に増援を要請している。そうでなければ、とっくに尻尾を巻いて駐屯地に逃げ帰っているはずだ。ヘリコプターを呼んだのではないかと思う。あの護衛の男、しばらく前に車から出てきた。たぶんヘリコプターに合図するためだろう。そろそろ到着するということだ」

タージャクはじっと話を聞いていたが、知らない単語を耳にし、苦労して〝ヘリコプター〟と発音してみた。

教授と娘は顔を見合わせ、どちらも相手が空飛ぶ戦闘マシンのことを説明するのを待った。先に口を開いたのは教授だった。

「いわば空を飛ぶ車だな。金属でできていて、とても騒々しい」

ジェーンが補足する。

「大きな鳥みたいなものよ……ゾーサンくらいある。中に銃を持った人間がいて、わたしたちを撃ってくるわ」

「タージャク、鳥殺す。心配ない」タージャクは象の角で作られた大弓の弦を弾いた。

「まあ、やってみるさ。補強した矢も実戦で試してみたいしな」教授は矢をタージャクと分け合った。「イングランドの長弓とボルネオ1の角弓で勝負だ。負けたほうは今夜の皿洗いだぞ」

「わたしはどれを使えばいいの？」

「ジェーン、おまえの狩猟弓では外板に傷もつけられんよ。それより苦力たちを森に配置しておいてくれ。銃を持っている者もいる。もしヘリコプターを撃ち落とせたなら、シンを足止めする必要がある。逃がすわけにはいかんからな」

「もしじゃなくて、確実に撃ち落としてよね」

「念のため、全員で硬木の陰に身を隠しているんだ。広い場所におびき出そうと、森に向かって機銃掃射するかもしれない」

苦力軍団は森の中に展開し、タージャクと教授は花崗岩の上からいちばん狙いやすい位置を確保した。北風に乗ってかすかなエンジン音が響いてきた。二人は顔を見合わせ、うなずき合った。

細くたなびく雲の下に二機のヘリコプターがあらわれ、司令車を視認して降下してきた。操縦士は車輛の上を旋回し、下にいるポヴィッチに砂を吹きつけながら親指を上げた。ヘリコプターはそのあとふたたび、砂を巻き上げない高度まで上昇する。一機はそのままホバリングし、もう一機は伐採道のほうに向かった。

樹冠の上に出ると、機銃手がスキャナーをチェックする。

「少なくとも十個、人間と思われる体温を感知した。ジャングルに十メートルほど入ったあたりで、五メートルずつくらい離れて一列になっている」

「命令が出てるからな。旋回して、機関銃で掃射できるようにする。動いてないのはたぶん味方じゃない。いつでも撃っていいぞ」

ヘリコプターが旋回する場合、弧の最上端で一瞬だけ静止することになる。教授はその瞬間を狙っていた。隠れていた場所から踏み出し、背筋を伸ばして先の丸い鳥用の矢をつがえ、長弓を引き絞って、矢を放つ。

矢は側面の開いた窓から中に飛びこみ、驚いている機銃手の顎の下をかすめ、旋回を終える直前の操縦士の頭部に命中した。コントロールを失ったヘリコプターはきりもみ状態に陥った。タージャクのところからも、機銃手が懸命に機体を立てなおそうとしているのが見えた。と、ヘリコプターが直立し……花崗岩の露頭に向かって一直線に突っこんできた。

タージャクはぽかんと口を開けたまま凍りつき、ヘリコプターが自分のほうに向かってくるのを見つめた。教授がその腕をつかみ、岩陰に引っ張りこむ。次の瞬間、機体が岩壁の反対側に激突し、火の玉となってばらばらに吹き飛んだ。

下のMRAPが岩の露頭に向けて50口径機関銃を乱射する。渦巻く炎と残骸の中から、なんとか標的を見つけ出そうとしているのだ。上空ではもう一機のヘリコプターが現場をよく見ようと上昇していた。ゆっくりと標的に接近し、窓から機関銃を突き出す。通信機からシンの怒り狂った声が響いた。

「何をぐずぐずしている！　さっさと撃ち殺せ！」

木々のあいだでジェーンは茫然としながら、岩の露頭に生存者を探した。苦力軍団は武器を構えて突進しようとし、ジェーンはあわててそれを止めた。

「まだよ。司令車の機関銃の弾丸は木の幹じゃ止められないわ。じっとしてて……」

ハワード教授は岩陰に座り、ズボンを焦がす小さな炎を叩き消していた。「危なかったな。まさか一発で落とせるとは思っていなかったが……われわれに向かって突っこんできたのも予想外だった！」振り返って、「怪我はないかね？」

返事がないので岩の反対側の、タージャクが立っていたほうに這い進んでみる。弾丸が花崗岩に跳ね返り、ヘリコプターのローター音が仮の要塞の反対側から、炎の音を圧して聞こえてきた。

「タージャク！」

ジャングルマンの姿はなく、ヘリコプターは機関銃を連射した。教授は岩の張り出しの下に逃げこんで身体を丸めた。

「何も見えないぞ！」機銃手が文句を言った。「もっと接近しろ！」

「二号機がどうして墜落したのかわからないんだ。聞いてたのよりも大型の火器があるのかもしれない！」

「ありそうにないな。接近しないと、おれたちがシンの昼飯にされちまうぞ！」

ヘリコプターが慎重に墜落現場に近づいていく。煙はほぼおさまって、あたりの様子が見えるようになってきた。機銃手は機関銃を連射して、弾薬を再装塡しはじめた。

苦力二人は我慢できなくなり、森が切れるところまで這い進んで弓を構えた。二本の矢がヘリコプターに向かって飛んでいく。一本めは機体にぶつかって跳ね返された。二本めはローターブレードに当たり、宙にはじき飛ばされた。損害はゼロだ。操縦士は攻撃されたことに気づきもしなかった。

だがポヴィッチは気づいて、人影が見えたあたりを50口径機関銃で掃射した。二人の苦力が身を隠していた松の木は粉砕され、短い悲鳴が聞こえて、ジェーンは味方がやられたことを悟った。

タージャクは岩の露頭から続く小峡谷の中に隠れて機をうかがっていた。ヘリコプターが花崗岩と同じ高さまで降下し、獲物に飛びかかろうとする肉食性のゴキブリのように正面を向く。機銃手の顔が窓の中に見えた。操縦士はゆっくりと機体の向きを変え、機銃手が教授の花崗岩の砦を掃討できるようにした。

「まだ何も見えない。もっと接近しろ！ やられるまえにやっつけてやる」

ヘリコプターの風防の正面がタージャクのいる小峡谷のほうを向いたころ、司令車からの銃撃がやんだ。タージャクが待っていた瞬間だ。立ち上がって操縦士に全身をさらし、相手が反応する前に弓をいっぱいに引き絞る。盛り上がった筋肉が小さく震えた。つがえているのは教授特製の矢だ。

大きな弓鳴りとともに、矢は機銃手側の風防に一直線に飛んでいった。衝撃で風防に巨大な蜘蛛の巣状のひびが入り……中央に小さな穴があいた。矢はまっすぐに機銃手の喉を貫いた。

前が見えなくなった操縦士は機首をめぐらせ、全速力で退却した。遠い地平線にヘリコプターが見えなくなると、ジャングルから伐採地まで、死のような静けさがあたりを包みこんだ。陽は西に傾き、伐り倒された木々の切り株の影を長く伸ばしていた。

「ここから脱出しろ！」いきなり無防備になって怯えたラジャ・シンが叫んだ。

ポヴィッチは車のエンジンをかけ、急発進しようとして——急ぎすぎた。タイヤが砂と小石をうしろに跳ねとばし、空転する。司令車は動きだしたものの、動きはひどく遅く、横滑りした。タイヤのグリップがきいていないのだ。

ジェーンと苦力軍団が木々のあいだから飛び出した。

「タイヤよ！　タイヤを狙って！」

苦力たちは矢を放ったが、司令車の装甲板に跳ね返されてしまう。拳銃を持った二人はうまくタイヤに命中させたが、小口径の弾丸で頑丈なタイヤを貫くことはできなかった。ジェーンはシンのハンターから奪ったライフルを持っていた。片膝をついて銃を構え、左肘を膝に当てて固定する。まず左の後輪を狙ったが、ゴムの部分ではなく車軸に当たってしまった。もう一発。命中弾で左の後輪がパンクした。弾薬を装填し、左前輪を狙って、今度は一度で命中させる。司令車は砂地の上をぐるぐるまわることしかできなくなった。

苦力たちから歓声が上がった。ハワード教授とタージャックも合流する。ボーイも騒ぎを楽しんで踊りまわっていた。と、司令車が動きを止め、機銃座が回転を始めた。

「逃げて！　撃ってくるわ！」ジェーンが叫び、苦力たちは凍りついた。ハワード教授は全員に物陰に隠れろと叫び、タージャクを安全な木々のあいだに押しやった。誰もが駆けだしたところに初弾が飛来し……やや姿勢が高すぎた二人の苦力が地面に倒れた。座りこんだ二人を50口径弾がずたずたに引き裂いた。そのあいだにほかの者たちは道沿いに走る浅い溝に飛びこんだ。直後に銃弾が頭上をかすめる音がした。

司令車の中でポヴィッチは機関銃の空撃ちの音を耳にし、弾倉を入れ替えなくてはと思った。シンがいつも持っている乗馬用鞭で彼を打ち据えた。

「撃ちつづけろ、ばか者！」

「弾薬が必要です。それにもう暗くて、標的が見えません」

シンはまた部下を鞭打った。さすがにやりすぎだ。ポヴィッチはドアを開けて外に飛び出していった。

ジェーンはそれを見てライフルを上げ、月明かりの中を逃げていく男に狙いを定めた。落ち着いた手がその銃口を下げさせた。

「いいんだ、ジェーン。あれはシンではない。逃がしてやれ。あの男に責任はない」

司令車は闇の中にうずくまり、その中ではシンが一人で懸命に通信機にかじりついていた。

数分後、最初の苦力が枯れ枝や枯草を山ほど抱え、動けなくなったＭＲＡＰから三メートルほどのところに積み上げた。闇に紛れて苦力たちが次々と同じようにし、車輛はたちまち薪の山に包囲された。そこにガソリンがたっぷりと撒かれる。

ハワード教授が進み出て、弓に矢をつがえた。先端には布が巻いてある。ジェーンがそれに火をつけ、父親が火箭《ひや》を薪の山に射かけた。たちまち炎が上がり、車輛を囲んで積み上げられた枯れ枝や枯草が燃え上がる。教授は立ち上がってそれを眺めた。

「罪を浄めるときがきたのだよ、ミスター・シン」

平原を見下ろす岩の上から、タージャック、ジェーン、ボーイ、教授、それに生き残った苦力軍団の全員が、ますます明るく燃えさかる浄化の炎を見つめていた。炎は夜空を焦がし、それがようやくおさまりはじめたとき、ジャングルのエデンにふたたび平和が訪れた。

20　ここに陽光が《ヒア・カムズ・サンシャイン》

マラケシュとドクター・グリーリーはラジャのクラブルームに無言で座りこみ、電子暖炉に投影される炎の映像をぼんやりと見つめていた。ドクターのグラスにはココナッ・ミルクにいくつか有効薬剤を混ぜたものが入っていて、マラケシュは無言のまま、自分を誇らしく感じた。どちらもときどき、古めかしいぜんまい式の二十四時間時計に目を向ける。

ドアが勢いよく開き、チェスターが駆けこんできた。

「ラジャとの通信が完全に途絶えて、一時間以上経ちました」

「ポヴィッチはどうだ？」

ドクターは混乱し、心配すべきなのか喜ぶべきなのかわからなかった。

「追跡装置によるとジャングルの中を移動してますけど、パトロール隊はまだ発見できてません」

「暗いうちは無理でしょうね」マラケシュが冷静に指摘する。「わたしだったら夜のジャングルに探しにいこうとは思わないわ」

「だったら寝てはどうかね？　何かわかったら起こすから」

「あなただって、はっきりしたことがわかるまでは眠れないでしょ」

最初の曙光は遠い山並みの上にかかるスコールの雨雲のあいだから射してきた。タージャクがまず目を覚まし、ボーイといっしょに全員の分の果実を集めて戻ってきた。

「どうやって司令車に近づくの？」身だしなみを整えたジェーンが、サファリ服の皺を伸ばしながら尋ねた。

「ごく慎重に、だな」教授が答える。

「タージャク先に行く、みんなついてくる」ジャングルマンが志願した。

教授は立ち上がり、サファリ帽をかぶった。

「ではそうしよう。行くぞ。武器をいつでも使えるようにしておくんだ」

ボーイは辛抱強く待っていたが、隊列が動きだすと先頭に駆けていった。全員がジャングルのはずれに着くと、ボーイが飛び跳ねながらぺちゃくちゃと声を上げていた。

「ボーイはわたしたちより目がいいわ。何か見つけたみたいね」とジェーン。

「怯えているようには見えないが、どう思う、タージャク？」

タージャクとボーイは手ぶりでやり取りした。

「ボーイが人間を一人見た。おれが先に行く」

「すぐあとからついていくわ」ジェーンが微笑みながら言った。「この機会は逃せないでしょ」

燃え残った燠火がかすかに煙を上げる中を、一行は司令車に近づいていった。最初に聞こえたのはつぶやき声だった……シンががらくたになったMRAPのそばに座りこんでいた。

全員が彼を取り囲む。かつてボルネオ1の全能の支配者だった男は今や打ちひしがれ、その精神も崩壊していた。囚われたことにも気づかない様子で、心の中の白日夢に没入している。

教授はかぶりを振った。

「炎に焼き殺されたと思ったのだろう。逃げられないようにまわりを囲んだだけだとは気づかなかったらしい」

ジェーンは憤慨した。

「こんなの安易な逃げだわ。自分の罪に向き合いもしないで」

「その罪のせいでこうなったということだ。自分の悪夢の中に囚われている」

タージャクがとまどって尋ねる。「悪夢？　それ何か？」

「それはあなたが文明社会に戻る前に学習しなくちゃならないことの、第百三十七課あたりね」とジェーン。「ところでパパ、わたしがしょっちゅう見ていた悪夢、逃げても逃げてもどこにも出られないっていうあれだけど……もう見ることはなさそうだわ」

父親はそっと娘の肩に手を触れた。

「そうだといいな。ゆうべの炎がおまえの悪夢を焼きつくしていればいい。過去はもう埋葬すべきだ。学習はしばらく待ってもいいだろう。シンを縛り上げて、駐屯地まで運ぶ方法を考えよう」

「おれが運ぶ！」タージャクは一歩後退し、これまでもっとも大きな声で叫んだ。「アーアアー！」

シンを捜索していたパトロール・ジープは、角を曲がった瞬間に急ブレーキをかけた。なんとも奇妙な隊列が目に入ったのだ。もっとよく見ようと車から飛び降りたハンターたちが見たものは、目の前を横切っていく二頭の巨大な水牛／羚羊だった。

一頭にはジャングルマンが、もう一頭にはハワードの娘が乗っている。うしろには急造したらしい橇を引いていた。十メートルと離れていないところで停止し、土埃がおさまると、一台の橇には四人の苦力が、もう一台には老人とラジャ・シンが乗っているのがわかった。シンは星の日のローストチキンのように、蔦で縛り上げられている。何かぶつぶつとつぶやき、恐怖の表情でそこにはいない悪鬼を見つめているようだ。

教授が橇から飛び降り、ジープに近づいてきた。

「心配ない。自分を傷つけないように縛っただけだ。手を貸してもらえるかね？　そのジープのほうが時間がかからないだろう」

男たちは顔を見合わせ、事態が一変したことを認識した。

「わかりました。どうぞ」

タージャクが命令すると、二頭の巨獣は前肢を折った。タージャクが滑り降り、急いでジェーンを受けとめる。ジェーンも地上に降り立った。

ジェーンはタージャクの腕の中で微笑んだ。

「わたしの白馬の騎士《ナイト》ね」

タージャクは首をかしげた。「おれ、夜《ナイト》ない、人間」

教授が笑い声を上げた。「まだ学習が必要だな」

ボルネオ1遠征隊の全員が期待に満ちて待ち受ける中、ジープは駐屯地に近づいた。すでに別のジープが一台派遣され、苦力軍団を後部に乗せて同行していた。彼らは帽子を打ち振り、群衆の歓声に応えた。

もう一台には教授が助手席に、タージャクとジェーンとボーイが後部座席に座っていた。

シンはロールバーに、磔《はりつけ》にされたように両腕を広げて縛られている。群衆は自分たちをつねに苦しめていた男がもはや脅威ではないと知り、口々に報復を求めて詰め寄ってきた。教授と数人の警備員が急いで彼らを後退させた。

教授は全員から見えるようにサイドボードに飛び乗り、精いっぱいの声を張り上げた。

「集団リンチは許されない！　シンの残虐なおこないは正当な手続きによって罰せられる。この姿を見てみろ。もう脅威ではない。この解放を祝おうではないか。評議会に差し出すスケープゴートは用意できた。わたしはここにいる全員のため、全力を挙げてこれを終わりではなく、始まりにするよう努めるつもりだ！」

この演説は感銘を呼び、人々は道をあけて、降りてきた英雄たちを庭園地区まで行進させた。ドクター・グリーリーとマラケシュ、それに満面の笑みを浮かべたチェスターが一行を出迎えた。ジェーンはチェスターとの再会を喜んだ。

「チェスター！　わたしのヒーロー！」

ジェーンは相手が地面から浮き上がるほど強くその身体を抱きしめた。

「この人がグラヴィスから助けてくれたの。具合が悪そうね。心配だわ」

チェスターは内気そうにマラケシュに目を向けた。

「いい看護婦がついていますから」

落ち着きを取り戻すと、ジェーンは進んで声をかけた。

「ドクター・グリーリー、マラケシュ、父を紹介するわ。D・P・ハワード教授、生物学者で、王の武具師」

ドクター・グリーリーは聞き違いかと思ったようだった。「武具師とおっしゃいましたか？　どこの王の？」

ハワード教授が話に割りこんだ。「家族内のジョークですよ、ドクター」

だが、マラケシュは気づいたらしい。「ああ、つまり〝ジャングルの王〟ということね……目の前に立っているじゃない。紹介してくださる、ジェーン？」

ジェーンはまだこの魔性の女をタージャクに近づける心の準備ができておらず、話をそらした。

「パパ、こちらはマラケシュ——この惑星にいる、わたし以外の唯一の女性よ」

ハワード教授は気取った笑みを浮かべた。

「それは言われるまでもないようだな、ジェーン」黒髪の美女に向きなおり、「お二人が手にしているその冷たい飲み物を、わたしにもいただけますかな……」

「自己紹介がすんだら、すぐにでも」タージャクに片手を差し出す。「マラケシュと申します」

タージャクは何をするのかわからず、ただ彼女の手を見つめていた。人間の男同士の挨摎のしかたは教授から教わっていたが、その場合、手は開いていた。と、ジェーンが助け船を出す。

「キスするのよ、タージャク！」

マラケシュが瞬きし、からかうように言う。

「あら、キスのしかたを知っているの？　だったら、唇を触れるだけにしてね、タ、タージャク。変わった名前だこと……」

タージャクはそつなく接吻をこなし、称賛の声に応えた。「キスは好きだ！」

マラケシュがやり返す。「どうもありがとう。こんな立派な殿方が赤くなっているわ」

タージャクは破顔し、「タージャク、恥ずかしがり」

全員が声を上げて笑った。

ドクター・グリーリーは自分の出番だと感じ、手でドアを示した。

「中にどうぞ。三人とも、風呂に入ったほうがいいようだ。ラジャの翼棟を使ってください。部屋はたくさんあります。ラジャはもう使わないようですし！」

教授は足を止めて振り返り、ラジャ・シンが独房に引きずっていかれるのに目を止めた。

全員で建物に入る。

外の木の高い枝の上ではボーイが踊りを踊っていた。

21　アオクソモクソア

夜になるとマラケシュは家事全般を取りしきった。食堂で食卓の準備をチェックし、前菜を味見する。二十人分の席が用意され、召使いたちは彼女の指示で忙しく立ち働いた。

「ドアを開けていいわよ」

チェスターが二枚扉を開き、「お食事の用意ができました」と告げる。

残っていた監視者たちがまず入ってきた。不安そうな顔で、これが最後の晩餐になるのか、それとも何か新しいことの始まりになるのか、確信が持てないようだ。誰もが一張羅の礼装服姿で、U字形に配置されたテーブルの上の名札を確認している。

「心配しないで。もうラジャ・シンの一代記を上映したりはしないから。リラックスして、食事を楽しんでちょうだい」

続いて教授が入ってきた。優雅な白のスーツにボウタイというういでたちは、ゲスト用クロゼットの中から探し出してきたものだった。

「ようこそ、教授。お席は上座の……わたしの隣ですわ」そう言ってウィンクする。

最後にジェーンがすばらしくハンサムな若い男性と腕を組んで入ってきた。全員が目を丸くして、ジャングルの蛮人のイメージをその優雅な男に重ねようと苦労していた。

「あらあら、ずいぶんきれいになったわね」マラケシュがからかうように言う。「そのサイズの服をどこで見つけたの？」

タージャクはホワイトシルクの半袖トロピカル・フォーマル・シャツと、黒のショートパンツを身につけていた。

「あまりじっくり見ないでね。カーテンと糸があったから。発掘調査中、まともに見える服をでっち上げる必要に迫られたことが何度かあるのよ」

「悪くないわ。みごとなものね」マラケシュが羨むように言った。「よく見せてちょうだい、坊や」

上から順にチェックが始まった。

「男っぽいポニーテイル……印象的な目……それにこの唇！　シャツは気に入ったわ……ズボンは借り物みたいだけど、それは構わない。まあ、なんてこと！」

全員の目がタージャクの足もとに集まった。裸足だ！

ジェーンが弁護した。

「そのうち履くようになるわ。あれは後天的に身につく習慣なのよ」

誰もが楽しく笑い、タージャクは話題の中心になって嬉しそうだった。

教授が娘の耳もとでささやいた。「タージャクの演技、いささか大げさではないかな?」

マラケシュがふたたび座を仕切った。「さあ、さあ、席に着いてください。料理が冷めてしまいますわ。ドクターのことは放っておきましょう」

全員が着席し、召使いたちが前菜を給仕した。

「お友達がとまどわないように、つまんで食べる料理を多くしたわ」

「見たら驚くわよ。タージャクは父と長いこといっしょにいて、とても文明的になってるから」

タージャクは浅蜊のスパゲッティの大皿をつかむと、一息に流しこんだ。全員の視線が集まる。だが、彼はマナーを覚えていた。ナプキンを手に取り、上品に口もとをぬぐう。

「それでいいぞ。さあ、本物の料理に移ろう!」教授が小さく笑いながら言った。

食事は進み、マラケシュが教授の興味を示す話題を持ち出して、二人は熱心に話しこんでいた。ジェーンはタージャクに食事の細かい作法をコーチした。

いきなりドアが開いて、ふらふらとドクターが入ってきた。

「大ニュースだ! カルテルが動いた! シンのことをすべて報告したら、どうなったと思う? 平然と受け入れたんだ。どうやらシンが送り返されるのを待って、袋叩きにするつもりらしい」自分の席に腰をおろす。「われわれが責任を問われることはない！　さて、わたしの飲み物はどこだ？」

マラケシュに睨まれて、ドクターは譲歩した。

「わかった、わかった。トニックウォーターでいい——ジンジャーをきかせてくれ」

明らかに指示を受けていたらしい召使いが飲み物を持ってくると、ドクターはうなずいた。

ジェーンが誰にともなく尋ねる。「それで、これからどうなるの？」

「なんとも言えないわ」マラケシュが答えた。「戦艦を送ってきたりはしないのね？」

「ああ、それどころか、三十日以内に積み荷の木材を用意できれば、叛乱罪には問わず、報酬のカットもおこなわないと言っている。どうだ、みんな？　できるか？」

監視者たちはいっせいにグラスを上げた。「もちろん、やってやるとも！」

食事には誰もが満足したが、いちばん満足そうだったのはマラケシュだった。監視者たちは資材とスケジュールの再調整を開始し、残った四人のゲストはラウンジでマラケシュと合流した。

「本当にできると思っているの、ドクター？」

タージャクに葉巻の吸いかたを教えようとしていたドクターにジェーンが声をかけた。

意外なほどしらふのドクター・グリーリーは熱心に答えた。

「ちゃんと仕事を割り当ててやれば、みんなボーナスのためにせっせと働きますよ。だいじょうぶです」

新たな一日が始まり、ドクター・グリーリーの言ったとおりだと判明した。駐屯地は活気づき、トラックが次々と製材所から木材を運んできた。五人はベランダで昼食をとり、ボーイはコッカースパニエルのようにタージャクの足もとに座っていた。

教授がお茶を一口飲んで言った。

「諸君、聞いてもらいたい。ジェーンと二人で話し合ったのだが、森林の保存と再生を考慮したまともな伐採計画なら、われわれも支持できる。この惑星は実に貴重で、乱伐して荒廃するに任せるわけにはいかないのだ。長期的には評議会も賛成してくれるだろう。わたしからそのように進言することもできる。安定的に硬木が供給されるなら、そのほうがいいわけだからな」

ドクターが冗談めかして口をはさむ。

「ええ、供給量を低く抑えれば、価格は高騰しますしね」

ジェーンが熱心な口調で父を援護した。

「ねえ、この惑星は本当に特別なの。旧地球にとてもよく似ているのよ。ほかの惑星みたいな波瀾万丈は期待できないけど、多くの人々が意味のある人生を送ることができるわ。父は評議会を説得して新たな資源ビジネスを始めるようだけど、わたしは社会協会と共同で移民を勧誘しようと思っているの」

「それがこの岩のかたまりに女性を連れてくるという意味なら、作業員たちは喜んでここにとどまるでしょうな」ドクターは笑った拍子に煙を吐き出した。「失礼。これは酒よりもわたしの寿命を縮めるかもしれません。マラケシュに禁酒を約束させられましてね」

そのときのことを思い出したのか、小さく身震いする。

マラケシュはもちろんのけ者にされる気などなかった。ジェーンに向かって、「ちょっと待って！　わたしはどうなるのかしら？　ここに置き去りにされて、こんな老いぼれのなすがままなの？」

「それはあなたしだいね。できればいっしょに来てもらいたいわ。二人でいっしょに宣伝すれば、新世界にじゅうぶんな入植者を勧誘して、わたしたちもその生活を楽しむ時間が取れるかもしれない。どう？」

「わたしが社会協会のために働くの？　神々も大笑いね」

「それで？」

「わたしのことはシスター・マリアと呼んで。いっしょにやるわ」

全員が笑いながら壮大な計画を語り合う。ドクターが不安そうな顔を装って言った。

「ここに戻ってくるのがあまり遅くならないようにお願いしたいですな。シンの葉巻が底をついたら、また飲みはじめてしまうかもしれない」

「あなたが気づいたときにはもう戻っていますよ」と教授。「そういえば、シンはどうしているんです?」

「閉じこめてあります。処分は評議会が決めるでしょう。いっしょに連れていくわけですな?」

「そのつもりです、ドクター。まもなく完全にあなたの手を離れることになりますよ」

「シヴァ神に栄光あれ」〝シスター・マリア〟が言った。

その月が終わるころには、駐屯地は輸送船到着の話で持ちきりだった。ジェーンが喜んだのは、それがハンピー船長の船だとわかったからだった。

「説明が楽になるわ。シンのいちばんひどいところを見てるから」

ハワード教授はあたりを見まわした。

「ところで、タージャクはどこに消えたんだ? ボーイの姿も見えないが」

「ゆうべ森に帰ったわ。わたしたちがもうすぐいなくなると知ってすぐに」

「戻ってきますかな」ドクターが言った。「怖じ気づいたのでは?」

「きっと戻ってくるわ。でも、タージャクはここ以外の世界をひとつも知らないわけだから……」

教授は自信ありげだった。

「戻ってくるとも。この惑星の経済基盤を強化するため、二人で壮大な計画を考えたんだ。大がかりなエコツアー・ビジネスを立ち上げようとね。われわれがいなくなったあともこの惑星の自然環境を守っていくには、方法はそれしかない。それで利益が出るようにする」

ジェーンは笑顔になった。「タージャクがそばにいれば百人力ね」

「うまくいくよう祈っていておくれ。さて、おまえの仕事はタージャクに靴を履かせることだぞ！」

22　ジョンおじさん《アンクル・ジョンズ・バンド》のバンド

ジャングルの奥深くで、タージャックは黄金色の象に乗っていた。

象が停止し、タージャックは巨大な耳のうしろを掻いてやった。

「ドマレー！」

「ありがとう、旧友」

象の肩の上に立って宙に身を躍らせ……垂れ下がっている蔦をつかむ。タージャックは特徴のある叫び声を上げ、聞こえる範囲にいる者たちに帰還を告げた。枝から枝へ、蔦から蔦へと優雅に飛び移り、濃密なジャングルの中をすばやく移動していく。

サーベルライオンが藪の中からあらわれて低くうなった。タージャックは古くからの敵に「やあ！」と声をかけ、その頭上を通過した。「今日は戦ってる時間がないんだ！」

やがてタージャックは紫檀の高い枝の上に立ち、到着の叫びを響かせた。まだそのこだまが消えもしないうちに、大猿の歓迎の叫びが聞こえた。

地上に下りると若竹のあいだを抜け、小さな空き地に出る。大猿たちが丈高い草を踏み分けてあらわれた。全員が進み出て、戻ってきた〝弟〟を心のこもったうなり声や喜びの身ぶりで出迎える。タージャクの老養母が近づいてきて彼の頭を撫で、シラミや虫がたかっていないことを確認すると、顔に鼻を押しつけた。

タージャクは人間のやりかたで唇にキスをした。群れはそういう行為を見たことがなく、息を呑んだ。母親も最初は身を固くしたが、やがてタージャクはその目の中にいつもの明るい笑みを見て取った。二体は抱き合い、大猿たちはいっせいに咆哮した。

タージャクは群れの一頭一頭にじかに感謝を伝え、手ぶりと身ぶりで楽しかった思い出を語り合った。若い猿が何頭か、彼のいちばん好きな果実を持ってきた。

とうとう出発の時が来た。タージャクはボーイの手を取って母親に近づいた。手を伸ばして老いた灰色の頬を撫で、ボーイの面倒を見てやってくれと頼む。母親はボーイを片手で抱き寄せ、もう一方の手に唾をつけて、それをタージャクの頬にこすりつけた。タージャクは微笑み、全員に向かって〈また会おう！〉と叫んだ。タージャクは群れに背を向け、さっき出てきた暗いジャングルの中に戻っていった。

タージャクは跳ねるような足取りでジャングルを駆け抜け、あらゆる動物たちを驚かせた。高台を目指し、やがて木々が途切れて、峡谷に続く岩だらけの斜面に出る。峡谷の壁面には小さな洞窟が点在していた。

タージャクはどんどん高く登っていき、やがて小さな岩穴の前に出た。足を止め、しゃがみこむ。

〈アシュワン・ボーガシュ！〉

しばらくするとキングコブラに似たヘビが這い出してきた。鎌首をいっぱいにもたげ、胸の部分を広げて威嚇している。ヘビは鋭い音を立てながら、瞬きをしないルビーのような目でじっとタージャクを見つめた。

タージャクが身体を揺らすと、コブラがそれを目で追う。この催眠的なダンスを数分続けたあと、タージャクは額を地面につけて叩頭した。ヘビは舌を出し入れしながら前進し、じっと動かないタージャクの首から背中を這い進んで、ジャングルに姿を消した。

タージャクは立ち上がり、もう見えなくなったコブラにありがとうと声をかけた。そのあとヘビの通り道だけを残して入口をふさいでいた大きな岩をいくつかどける。

やがて岩穴の奥からふたたびあらわれたタージャクは、何か重そうなものが入った、大きなカンヴァス布のバッグを抱えていた。彼は左右を見まわし、斜面を駆け下りて夕陽の方角に向かった。

翌日、召使いたちはハワード父娘とマラケシュのためのお別れ晩餐会を準備した。華麗なドレス姿のジェーンとその父親はマラケシュに迎えられ、テーブルに案内された。二人の新たなゲストがそれを迎える。ジェーンは新来の二人を抱きしめて歓迎した。ハンピー船長と副操縦士のウィングズがパーティに加わったのだ。

「積みこみは終了し、準備万端だ。いつでも〝出発しろ〟と言ってくれ」

ジェーンはもの悲しげな目を父親に向けた。

「娘に何と言ってやればいいのか。タージャクはさよならを言わなかったが、戻ってくるとも言わなかった。三十年以上もジャングルで生きてきたんだ。すべてを捨てて夢としか思えない場所に行くのは、簡単ではないだろう」

マラケシュが付け加える。

「水を差したくはないけど、ドクター・グリーリーがカルテルの上層部とした約束はかなり危険なものなの。ハンピー船長がすぐに積み荷を届けないと、わたしたちの計画はすべて絵に描いた餅になってしまうわ。

そういえば、あの老いぼれの怠け者はどこ？　自分が来るまで食事を始めるなって言ってたくせに。庭園で何かやることがあるそうだけど、これ以上待てないわ」

「すばらしい夜なんだから、カーテンを開けたら？　ドクターが何をしているのかわかるかもしれないし」

ジェーンはそう言って話題を変えた。これでつらい決断をもう少し先延ばしできる。

マラケシュはベランダに出るフレンチ・ドアの前のカーテンに近づいた。引き開けようとしたとき……礼儀正しさを増したハワード教授が進み出た。

「待った！　それはレディの仕事ではない。わたしにお任せを」

マラケシュはこの気高い態度に笑顔を見せて脇にどき、途中で教授の腕をかすめた。老教授は微笑し、必要以上に華々しくカーテンを引き開けた。ドア枠いっぱいにタージャクの姿があらわれた。両手両足を広げ、顔には大きな笑みが浮かんでいる。（中の誰もがびっくり仰天した！）

われに返った教授がフレンチ・ドアを開け、彼を中に通した。すぐうしろからドクター・グリーリーも入ってくる。

「二人で何をしていたの？」マラケシュが尋ねた。

タージャクはカンヴァス地のバッグをサイドテーブルの上に置き、すっかり元気になったジェーン・ハワードを抱きしめた。

ドクター・グリーリーが説明を試みる。

「庭園の後始末をしていたら、この男が木の上から落ちてきて、わたしの上に着地しそうになったんです。肝をつぶしましたよ」

ハンピー船長と副操縦士は啞然として見つめるばかりだ。マラケシュがそれに気づいた。

「心配いりませんわ、船長。とても従順ですから。きちんとした紹介がまだでしたわね。

こちらはタージャク、ジャングルの王にしてボルネオ1の新たな支配者です」

船長にとってはほっとしたことに、ジャングルの野生児は進み出て、ごくまともな言葉で自己紹介した。

「タージャクといいます。お目にかかれて幸いです」

「あのにせラジャを追放したかたにお目にかかれるとは、光栄です」と船長。

「父たちがいなくても、ラジャは破滅していたでしょう」ジェーンが口をはさんだ。

「おまえがいなかったらきっと何もなし遂げられなかっただろう、娘よ」

教授がお世辞を返す。

蚊帳の外に置かれるのが嫌いなマラケシュが話に割りこんだ。

「無駄話はもうけっこう。みなさん、席に着いてくださいな。ラジャ・シンの最後のスペシャル・パーティです。存分にお楽しみください！」

勝利を祝う者たちはラジャが開くはずだった晩餐会で大いに絆を強めた。サイドテーブルの上に置かれた汚いバッグに目を止める者はいなかった。

最後のデザートが終わると、ドクター・グリーリーが立ち上がって声を張り上げた。

「紳士淑女、わが友人のみなさん、特別にお目にかけたいものが用意してあります」タージャクに目を向ける。「今夜祝えるかどうかわからなかったのですが、われらがジャングルの王がちょうど間に合いました。ぜひこの栄誉を受けていただきたいと思います。みなさん、どうぞベランダのほうに！」

全員がベランダに出ていくと、驚いたことに、〈セプター37〉の乗員も含めたすべての人間が集まっていた。グリーリーはタージャクにリモコンを手渡した。

「ボタンを押してください、ミスター・タージャク」

タージャクは手の中の奇妙な黒い箱を見つめた。

「だいじょうぶだ。その赤いところを押してみたまえ」教授が助言した。

タージャクがボタンを押すと、夜空に華々しい花火が打ち上げられた。赤や青や緑の光がはるか頭上で炸裂して模様を描き出すのを眺めながら、彼は樹上の大猿たち、とりわけボーイはどうしているだろうと思った。

まさにそのとき、怯えたボーイが木の上からタージャクの腕の中に飛びこんできた。

「ボーイ、来るなと言ったのに」タージャクはそう言い、同じ言葉を手ぶりでくり返した。

子猿は反駁した。〈置いていかないで〉

教授が子猿の頭を軽く叩いた。

「いいじゃないか。ここの生物のサンプルを持ち帰るのはいい考えだと、前から思っていたんだ」

「ええ、この子は新しいエコツアー・ビジネスの最高の宣伝になるわ」とジェーン。「太陽エネルギーを利用する動物を調査しに戻ってくるとき、同行したいっていう科学者もたくさん出てくるでしょうね」

「まさに一石二鳥だな」教授が言った。「船長、緩衝ポッドをもうひとつ用意してくれるかね……いちばん小さいやつを！」

遠い空で最後の花火が消えたとき、マラケシュがタージャクの持ってきたバッグに気づいた。

「その中身はいつ見せてもらえるのかしら？」

マラケシュがバッグを開けようとすると、タージャクがそれを彼女の手から引ったくった。

「まだだめ。ここではだめ」

「はいはい。詮索する気はないわ」

ジェーンは問うような視線を父親に向けた。教授は首を横に振り、彼もこんな態度は今まで見たことがないと認めた。

「物に固執するのを見たのははじめてだ。大猿たちに所有という概念があるとは思えない」タージャクに向きなおり、「構わないさ。なにごとにも時期がある。きみがいいと思うときに見せればいい」

ハンピー船長がウィングズの肩を叩いた。

「さて、われわれは明日の出発までにやることが山ほどある。ありがとうございました、みなさん。思い出に残る一夜になりました。明日、駐機場でお目にかかりましょう」

全員がお休みの挨拶を口にし、それぞれの部屋に引き取った。タージャクは古いバッグを慎重に運んで、教授とジェーンのあとについていった。

「誰にでも持っていると安心できる何かがあるものよ。あなたからそれを取り上げようなんて思わないわ」

23　長《ビルト・トゥ・ラスト》くもつ造り

〈セプター37〉はボルネオ1の重力圏からじゅうぶんに離れ、乗客たちは緩衝ポッドを出て自由に歩きまわれるようになった。ハンピー船長が挨拶にあらわれた。

「シャトルが積みこみを完了するのに二日ほどかかりますから、そのあいだはのんびりしていてください。ワープ波動に入る準備ができたら、そのあとは冬眠チャンバーで結構な時間を過ごすことになりますから。もっとも、冬眠中は時間の感覚などありませんがね」

「覚えていますわ。目覚めることのできない、とても長い白日夢を見ているような印象でした」

マラケシュが言った。船内用カバーオールを着ていると、プロの整備士のように見える。

ジェーンが会話に加わり、タージャクの手を握った。

「ただ、今度は白日夢で見ることがたくさんあるわね！」

「わたしもそこに入れてもらっていいかしら、お嬢さん？　せめて現実世界に戻るまで……」

「とんでもない！　夢を見るのが怖くなるのに、どれだけ時間がかかったと思うの？　誰とも分かち合う気はないわ！」

タージャクは急に思いついてその場を離れた。収納壁に近づき、自分の名前が書かれたロッカーを開ける。中に手を伸ばすと、彼はあの古いカンヴァス布のバッグを取り出した。開けようとすると、ジェーンが声をかけた。「本当にいいの？」

タージャクはうなずき、昔からの宝物を取り出した。

「なんと、これは！」教授が目を丸くして小さく笑った。

「いったいぜんたい……」ハンピー船長も驚いている。

「かわいいじゃない」マラケシュはあまり感じるものがなかったようだ。

タージャクは〈フィルモア〉にあったジェリー・ガルシアの胸像をかかげ、誇らしげにジェーンに見せた。

「おれの父親」そう言ってジェリー・ガルシアの頭を撫でる。

ジェーンは自分の目が信じられなかった。「なんですって！　ジェリー・ガルシアが父親だと思ってるの？　想像してた以上におもしろいことになりそうね！」

ハワード教授は思わず自分の顎を撫でた。

「なるほど、道理で顎鬚に触りたがったわけだ」

訳者あとがき

本書はL. Michael Haller著*STARZAN*の全訳である。

翻訳時点で原書はまだ刊行されておらず、底本には、刊行前のプルーフ本に相当するドキュメント・ファイルを使用した。

原題の「*STARZAN*」とは、言うまでもなく、「star」と「Tarzan」の合成語だ。「星のターザン」とでもいった感じだろう。

ターザンについては今さら説明するまでもないと思うが、念のためざっとおさらいしておきたい。

エドガー・ライス・バロウズの創作した〝ジャングルの王者〟ターザン。本来は英国貴族グレイストーク卿の息子だが、赤ん坊のころ両親とともに西アフリカに遺棄され、両親の死後は類人猿（マンガニ）のカラに育てられた。半裸の偉丈夫で、ナイフ一本でライオンさえ倒し、ジャングルを縦横無尽に駆けまわる野生児である。とはいっても、言語は数カ国語を操り、フランス軍将校のダルノー中尉と友情を結んだりもする。またアメリカからやってきたジェーン・ポーターと恋に落ち、結婚して息子をもうける。

原作には出てこないが、映画では〝チータ〟と呼ばれるチンパンジーをお供に連れていることが多い。「アーアアー」と叫びながら蔦につかまって枝から枝に移動するのも、原作には見られない場面だ。

本書では子猿が〝ボーイ〟と名づけられているが、これは本来、映画《ターザンの猛襲》に登場する、ターザンとジェーンが養子にした少年の呼び名である。こうした点も含め、本書のターザン（タージャク）のイメージは、原作よりも映画の影響が強いように思える。

次にこの作品の設定を説明しておこう。

タージャクの実の両親が乗っていた宇宙船に安置されていた胸像の主、ジェリー・ガルシアは実在の人物で、アメリカのロックバンド《グレイトフル・デッド》の中心メンバーである（一九九五年死去）。顔の下半分を覆いつくす、豊かな髭をたくわえた写真を見た方も多いと思う。

この《グレイトフル・デッド》の曲を教典として成立したカルト宗教の信者たちが、新天地を求めて宇宙に旅立った、というフィクションが、この物語の背景になっている。実在したミュージシャンが未来社会においてカルト的な影響力を有しているという点は、アン・マキャフリーの〈歌う船〉シリーズに登場するディラニスト（ボブ・ディランを範とし、歌を社会変革の武器とする）に似ているかもしれない。

〈デッド・ヘッド〉という名のバーもちらりと出てくるが、デッド・ヘッドとは《グレイトフル・デッド》の熱心なファンのこと。そういうバーで見つけた副操縦士も、当然、熱心なファンなのだろう。

そんなわけで、この作品には《グレイトフル・デッド》の曲が鳴り響いている。具体的には、各章の章題がすべて《グレイトフル・デッド》のアルバム名や曲名から取られている。とはいえ、後半になるほど章題と内容の乖離《かいり》が大きくなっているように感じるのだが、そこはまあ、ご愛敬だろう。

全体として、ヒッピー文化華やかなりしころの曲目をBGMに、ジャングル惑星を舞台にした、けっこう〝それらしい〟雰囲気のターザン物語が展開していると感じた。

さて、〈ターザン・シリーズ〉の作者エドガー・ライス・バロウズといえば、訳者がはじめて夢中になった作家で、思い入れも強い。

いちばん好きだったのは〈火星シリーズ〉で、バルスームでのジョン・カーターの活躍を何度となくくり返し読んだものだった。すでに創元推理文庫版も出ていたが、最初に読んだのは講談社版だった。すっかりすり切れてぼろぼろになったシリーズ十冊が、今も実家の本棚に収まっている。

そのあとは創元推理文庫で〈金星シリーズ〉〈ペルシダー・シリーズ〉と読んでいき、〈ターザン・シリーズ〉に手を出したのはいちばん最後だった。

そのころになるとさすがにいささか食傷ぎみで、ちょうど興味がシャーロック・ホームズやエラリイ・クイーンなどに移りはじめていたこともあり、正直なところ、あまり熱心に読んだとはいえない。舞台が二十世紀初期のアフリカという点も、いまひとつ乗りきれなかった原因だと思う。

もしもバロウズが本書のような舞台設定で〈ターザン・シリーズ〉を書いていたら、あるいはもっと夢中になって読んでいたかもしれない。

こんな中途半端なターザン読者ではあるのだが、実はターザンに関係した翻訳を前にも一度やったことがある。〈SFマガジン〉一九九六年十月号に掲載された、フィリップ・ホセ・ファーマーの「グレイストーク卿、真実を語る――わたしは如何にして、猿と人間との壁を超えたか？」がそれだ。

これはファーマーが八十二歳になった（ただし三十代にしか見えない）ターザンその人にインタビューするという形式のフィクションで、未見だが、ファーマーによるターザンの伝記、*Tarzan Alive*（未訳）にもインタビュー部分が収録されているらしい。なかなか興味深い内容なので、古い〈SFマガジン〉が手に入るようなら、一見の価値はあるだろうと思う。

バロウズの作品は、火星や金星、あるいは地底世界を舞台にしていても、つねに〝秘境冒険もの〟であり、いわゆる〝SF味〟には乏しい。どちらかといえばH・R・ハガードなどの系譜に連なる作家だろう。だからこそのおもしろさももちろんあるのだが、SF読みとしては物足りない気分になることも多かった。

それに対して本書では、かなりSF味の強い背景設定がなされている。ネタバレ回避でここでは伏せておくが、本家バロウズ氏がこのくらいSF寄りのものを書いてくれていたら、少年時代の読書体験に〈ターザン・シリーズ〉はもっと幅をきかせていたかもしれない。

ターザンがお好きな方もそうでない方も、どうかこの〝宇宙時代のターザン〟の物語をたっぷりお楽しみいただきたい。

訳者略歴　1956年生，1979年静岡大学人文学部卒，英米文学翻訳家　訳書『戦いの子』ロワチー，『共和国の戦士』ケント，『暗黒のメルトダウン』デル・トロ＆ホーガン，《宇宙英雄ローダン》シリーズ担当巻（以上早川書房刊）他多数

HM=Hayakawa Mystery
SF=Science Fiction
JA=Japanese Author
NV=Novel
NF=Nonfiction
FT=Fantasy

スター・トレジャー
秘宝《ひほう》の守護者《しゅごしゃ》

〈SF1905〉

二〇一三年六月十日　印刷
二〇一三年六月十五日　発行

（定価はカバーに表示してあります）

著者　L・マイケル・ハラー
訳者　嶋《しま》田《だ》洋《よう》一《いち》
発行者　早川浩
発行所　株式会社　早川書房
郵便番号　一〇一 - 〇〇四六
東京都千代田区神田多町二ノ二
電話　〇三 - 三二五二 - 三一一一（大代表）
振替　〇〇一六〇 - 三 - 四七七九九
http://www.hayakawa-online.co.jp

乱丁・落丁本は小社制作部宛お送り下さい。
送料小社負担にてお取りかえいたします。

印刷・株式会社亨有堂印刷所　製本・株式会社フォーネット社
Printed and bound in Japan
ISBN978-4-15-011905-8 C0197

本書は活字が大きく読みやすい〈トールサイズ〉です。